Jean-François Chabas

L'ARBRE
ET LE FRUIT

Gallimard

Ma sœur, ne garde pas pour toi le secret qui te ronge.
Désigne aux yeux du monde
celui qui lentement t'assassine.
Et retrouve ta liberté.

1980

JEWEL FAIRHOPE
Sylvan Highlands, 5 février 1980

Où est Maman ? Oh ! Là, j'ai vraiment, vraiment peur. J'essaie de ne pas trop le montrer à Esther, mais ma sœur est comme une bête ; elle sent mes émotions même si je me tais.

Ses yeux s'agrandissent à chaque minute, et je ne vois plus que ça, ces deux taches de lumière immenses dans sa figure, qui posent elles aussi la question : Où est Maman ?

GRACE FAIRHOPE
Mockingbird, 5 février 1980

L'homme est maigre, petit. Il flotte dans une

chemise bleue. On distingue un minuscule tatouage sur son avant-bras droit. Son regard est fuyant. Il a l'air d'un animal des bois, à la fois craintif et querelleur. Une fouine.

– Bonjour, madame. Comment vous appelez-vous ?

– Grace Fairhope.

– Je suis le Dr Romanescu, et les deux dames sont des infirmières. Savez-vous où vous êtes ?

– À l'hôpital ?

– Au centre hospitalier Mockingbird. En psychiatrie. Quel jour sommes-nous ?

– Euh, euh...

– Ce n'est pas grave. Quel âge avez-vous ?

– Euh... je suis née le 4 août 1949. À Portland, Oregon.

– Quel métier exercez-vous ?

– Je suis océanographe. Monsieur, docteur, je suis fatiguée.

– Une ou deux questions, et c'est fini. Vous êtes mariée ? Vous avez des enfants ?

– Oui, mariée. J'ai deux filles.

– Comment s'appellent-elles ? Quel est leur âge ?

– Jewel a six, non, sept ans. Esther a cinq ans. Est-ce que je pourrais dormir, s'il vous plaît ?

– Et votre mari ?

– Je voudrais vraiment me coucher.

– Acceptez-vous votre hospitalisation ?

Je commence à trembler. Tout, tout, plutôt que de rentrer chez moi. Je bredouille :

– Oui ! J'accepte !

– Parfait. Veuillez parapher ce papier, madame Fairhope.

– Bien sûr !

Je signe sans même regarder.

– Ouvrez votre trousse de toilette, madame. Plus grand. Ah, laissez ! Donnez-la-moi. Donnez !

L'infirmière porte, un peu de travers sur son nez épais, des lunettes à monture rectangulaire. Elle n'est pas vraiment agressive ; froide, plutôt. J'imagine qu'elle a dû répéter ces phrases des centaines de fois, à beaucoup de malades. Elle a saisi ma trousse, et elle la vide sur le lit.

– Bien. Alors, les ciseaux, je les garde. La bouteille d'alcool à 70°, je la garde aussi. Et les deux rasoirs, les aspirines, les somnifères. Parfait. Pouvez-vous également vider votre sac à main, madame Fairhope ?

– Attendez ! Comment est-ce que je vais me couper les ongles ? Et me raser les jambes ? Et les aspirines ? J'ai souvent mal à la tête... Et les somnifères pour dormir ?

– Venez nous voir, nous vous donnerons ce qu'il faut.

– Mais pour mes ongles, mes jambes?

– On s'en occupera, n'ayez pas peur.

– Comment ça?

– Je vais vous expliquer, madame Fairhope. Ce n'est pas pour vous, c'est... Il y a des malades qui pourraient s'introduire dans votre chambre, et boire l'alcool, ou se blesser avec des objets coupants. Voilà!

Elle a pris un ton guilleret qui sonne très faux. Je suis étourdie, mais j'essaie de réfléchir. Elle me ménage. Ils ont peur que les patients se suicident dans l'hôpital, ils leur enlèvent tout ce qui pourrait faciliter cela. C'est compréhensible.

Dehors, du couloir, j'entends un grand cri, puissant, qui n'en finit pas. Ça me rappelle le brame du cerf, mais je sais que, bien sûr, c'est humain. Je sens le duvet de ma nuque se hérisser.

L'infirmière tousse.

– Votre sac est parfait, rien à redire. Si vous voulez un pyjama, n'hésitez pas à nous en demander un. Vous êtes peut-être un peu menue même pour la plus petite taille, mais vous pourrez retrousser les manches et le bas de pantalon. Comme c'est le premier soir, on vous gâte, madame Fairhope: quelqu'un va vous apporter votre somnifère dans votre chambre. Après, il faudra aller le chercher au bocal.

– Au bocal?

– C'est comme ça qu'on appelle l'office. À cause de la grande paroi en verre, vous voyez? Vous y trouverez toujours des infirmiers en cas de besoin. Vous verrez, madame Fairhope, vous allez vite vous habituer. Elle n'est pas belle, votre chambre?

Je regarde les neuf mètres carrés aux murs carrelés, le lit métallique. J'ai vu qu'il y avait aussi, attenante, une minuscule salle de bains-placard, aux parois recouvertes de plastique bleu pâle. Le miroir y est fait d'une matière souple, qui réfléchit de guingois.

Je ne sais que répondre.

L'infirmière se renfrogne; elle attendait, je pense, plus d'enthousiasme. Sèchement, elle me dit:

– Vous ne vous rendez pas compte. Vous avez une chambre particulière, c'est rare.

– Ah , oui?

– Oui, madame. Encore une chose: on va venir vous voir plusieurs fois dans la nuit, pour vérifier que tout va bien. Cela ne doit pas vous inquiéter. Bienvenue chez nous, madame Fairhope.

La porte claque derrière l'infirmière. Il règne ici une chaleur sèche, étouffante. Je m'assieds sur le lit. Je tente de reprendre mes esprits, mais cet environnement ébranle la pensée. Je me lève pour ranger mes quelques affaires dans le placard jouxtant le lit.

C'est William qui a déposé le sac pendant que j'étais en train d'attendre dans l'ambulance. Il est reparti pour son étude sans avoir eu le temps de me voir. Heureusement. Je n'aurais pas supporté son regard froid et malveillant, que je connais trop bien.

Un cri retentit à nouveau, comme si on torturait un homme. Puis un autre s'élève, et un autre, encore.

C'est un terrible concert.

JEWEL FAIRHOPE
Sylvan Highlands, 5 février 1980

Ce soir, Papa dit qu'il faut prier, parce que Maman est très malade et qu'elle peut mourir. Il est allé tout à l'heure lui apporter un sac à l'hôpital, avec des habits et tout ça. Papa pleure, et c'est la première fois que je vois des gouttes qui coulent sur ses joues. Je ne sais pas ce qui fait le plus peur, que Maman risque de mourir ou que Papa pleure comme ça. Et en plus, du coup, Esther elle pleure aussi. Mais moi, je ne dois pas, parce que j'ai sept ans, je suis grande et je suis l'aînée. Je ne sais pas de quoi Maman risque de mourir mais ça a l'air affreux.

– Priez avec moi, dit Papa.

Je serre les mains à plat comme il faut faire, et je récite dans ma tête. C'est mieux de parler à Dieu dans sa tête. Je crois que c'est plus efficace et puis de toute façon il entend tout, même les pensées. D'abord je récite le Notre Père. Ce n'est pas très difficile, c'est court, et moi j'ai une très bonne mémoire, tout le monde le dit. Après, je demande à Jésus de protéger Maman. Je prie pour qu'elle ne meure pas parce que ce serait une chose trop horrible et qu'elle ne le mérite pas du tout : elle est gentille avec Esther et avec moi, et avec tous les gens. Et elle est jolie avec ses yeux d'écureuil. Oui, c'est vrai, elle a des yeux comme ceux des écureuils du parc.

En fait, je voudrais tout demander en même temps à Jésus. Je dois ralentir pour bien penser, pour que ça ne soit pas brouillon.

Mais comme Esther continue à pleurer, j'arrête. Je tends les bras pour la câliner, alors Papa crie avec sa voix méchante :

– Je t'ai dit de prier, petite saloperie !

Je recolle vite mes mains et je baisse la tête. Je ne parle plus à Dieu, je n'y arrive pas. Je reste juste là, comme ça. Je ne bouge plus du tout. Esther pleure et claque des dents.

GRACE FAIRHOPE
Mockingbird, 6 février 1980

Je n'ai presque pas dormi. Comme l'infirmière me l'avait dit, on est entré trois fois dans ma chambre pendant la nuit et on a éclairé mon lit avec une lampe de poche. Le somnifère qu'ils m'ont donné n'était pas assez fort.

Je reste allongée au cœur de la pénombre. Un rai de lumière aiguë, venu d'un trou dans le volet métallique, traverse la pièce comme un laser.

Jewel et Esther sont seules avec lui, là-bas. Je ne peux rien faire pour l'instant. Ce n'est pas le bon endroit pour parler de tout cela à quelqu'un : on vient de m'admettre en psychiatrie ! Ils ne me croiraient peut-être pas... Quoi qu'il en soit, c'est sûr, ils ne vont pas me garder longtemps ici. Je ne suis pas folle. Juste fatiguée.

Il y a du bruit dans le couloir. Des exclamations joyeuses, des grognements. Un rire sonore. Soudain ma porte s'ouvre. Un infirmier mal réveillé, les cheveux en épi sur l'occiput, passe la tête par l'entrebâillement.

– Madame Fairhope, bonjour ! Le petit déjeuner est dans un quart d'heure !

Ils ne frappent même pas avant d'entrer. Cette nuit, j'ai cru que c'était pour éviter de me réveiller, mais il semblerait que ce soit une habitude. Et si je n'avais pas été présentable ?

Je décide de m'habiller dans la microscopique salle de bains.

Je sors dans le couloir après avoir empoché le papier sur lequel, la veille, on m'a écrit le code de la porte : 4141. Ces serrures électriques sont censées empêcher l'intrusion des autres malades, mais si j'en crois ce que l'infirmière m'a raconté, ce n'est pas une protection absolue. Je m'en rends compte, il suffirait qu'on lise par-dessus mon épaule pendant que je tape le code. Il faudra que je sois prudente.

Le couloir est éclairé par des néons blancs. Une femme passe devant moi en traînant les pieds dans des sandales décousues. Elle ânonne quelque chose que je ne comprends pas. Des portes de chambres sont entrouvertes, et différentes musiques s'en échappent ; certains malades écoutent du classique, d'autres du funk, de la country, ou de la soul.

J'avance vers ce que l'infirmière appelle le « bocal ». Il y a de ça, c'est vrai. Une grande surface sphérique aux parois de verre épais. Hier soir j'étais si épuisée, si désemparée, que mon cerveau n'a rien enregistré de l'agencement du bâtiment. Je découvre que le service a la forme d'un poulpe, dont le corps serait le fameux bocal. À l'instar de longs tentacules, trois couloirs, où donnent les chambres des malades, s'y rejoignent. Cela ne ressemble pas à la disposition des hôpitaux que je connais. Sans doute est-ce dû au fait qu'ici les patients requièrent une constante surveillance. Cela renforce la comparaison avec la prison.

Les battements de mon cœur s'accélèrent.

Sur ma droite, à travers une autre cloison vitrée, je vois des bols et des couverts posés sur des tables rondes. Ce doit être le réfectoire. Un homme vêtu d'un pyjama froissé, chaussé d'épaisses galoches de chantier, en secoue la porte-fenêtre dans une obstination morose.

Une infirmière ouvre une petite lucarne dans la paroi du bocal et se penche pour crier dans l'ouverture :

– Vous arrêtez ça immédiatement, ou pas de petit déjeuner !

L'homme obéit aussitôt, avec une obséquiosité extrême qui me met mal à l'aise.

Une autre infirmière, dans un tintement de clés, ouvre la porte de l'office ; elle pousse un chariot métallique sur lequel s'entrechoquent des gobelets de plastique et de longs récipients blancs.

– Médicaments !

Elle a prononcé ce mot comme on désigne un gagnant au Bingo.

Aussitôt, une longue file se forme devant le

18

chariot. Je regarde sans bouger ces gens qui obéissent ainsi, avec une telle docilité. Les malades se pressent, collés les uns aux autres, se dandinant sur place avec une nervosité contenue. Toutes les couleurs, tous les âges semblent représentés. Je remarque un très jeune homme – adolescent, plutôt – pâle comme la mort. Il est plié sous le joug d'une peine infinie. Il n'a pas l'air d'être tout à fait du monde réel, il est comme échappé d'un songe.

Un vieil homme noir, dont les mains noueuses sont crispées sur le déambulateur sur lequel il s'appuie, tousse éperdument.

Près de lui, un garçon au visage mongol, aux cheveux courts hérissés en paillasson sur le crâne, tourne sur lui-même en fredonnant.

Une très grosse femme, pieds nus, dont les ongles des orteils sont longs et noirs de crasse, chante elle aussi à voix contenue. Quand je relève la tête, je vois que cette grosse femme me regarde.

Ses yeux sont féroces.

JEWEL FAIRHOPE
Sylvan Highlands, 6 février 1980

Esther me demande tout le temps de quoi Maman est malade et si c'est sûr qu'elle va mourir. Moi, je ne sais pas. Mais si j'essaie de savoir, Papa va encore beaucoup se fâcher. Esther et moi, on se fait des câlins, et après je lui tresse des nattes partout sur la tête, comme ça on rigole. Ça lui donne une allure bizarre, on dirait un cactus. Mais normalement ma sœur est plus belle que moi. Je l'adore, je ne sais pas pourquoi je l'adore comme ça mais c'est ma petite sœur, je l'adore. Il y a des fois où je voudrais la manger. Je l'appelle « Mon petit gâteau au choco-lat ». Même si j'ai des amies à l'école, ça sera toujours Esther que j'aimerai plus.

– Tu crois que Maman elle ira au ciel ? dit ma sœur.

– Elle ne va pas mourir. Quand elle reviendra, tu verras comment on va la papouiller.

– Mais si elle devait mourir ?

– Bien sûr qu'elle irait au ciel ! C'est Maman !

– Mais comme Papa la dispute tout le temps et qu'en plus il lui dit des gros mots, peut-être qu'elle ne mérite pas d'y aller, au ciel ?

– Pfff, Esther ! C'est archi, archisupercertain sur ma tête que Maman n'ira jamais, jamais en enfer ! Im–pos–sible !

Ma petite sœur et moi, nous ne parlons plus. Je pense à Maman chez le diable. Non, ça ne peut pas arriver. Esther me prend par la main. Elle tremble un peu, alors je lui dis :

– Si Maman la gentille devait aller en enfer, ça serait le barbecue pour tout à fait tout le monde.

Esther ne répond pas immédiatement. Mais tout à coup elle rit, et puis elle chuchote, vraiment bas :

– Le barbecue! Hi, hi, hi!

GRACE FAIRHOPE
Mockingbird, 6 février 1980

Au chariot métallique, on distribue encore les médicaments, et c'est à mon tour : trois cachets, que j'avale avec de l'eau versée dans un des gobelets en plastique.

– Ça va, madame Fairhope? demande l'infirmière.

– Oui, merci, et vous? dis-je, mais elle ne m'écoute pas.

Je suis maintenant les malades qui s'agglutinent contre la porte du réfectoire, où on ne se frôle plus cette fois, on se presse, on se tasse avec une mauvaise humeur inquiète. Un observateur extérieur pourrait jurer que les patients n'ont pas mangé depuis deux jours. Je me souviens, quant à moi, que je n'ai rien avalé la veille au soir, mais je n'ai pas faim. Je suis bien trop apeurée.

Me voilà assise à une des tables rondes, encore étourdie par le ballet frénétique des pots de café, thé, chocolat, et la razzia sur les beignets, les muffins. Ç'a été une bataille homérique entre les patients. Je n'ai jamais vu de ma vie une telle gloutonnerie. Ma tête tourne, et je prends conscience que les cachets qu'on m'a donnés font leur effet.

Mon voisin de table a entassé devant lui plus d'une dizaine de muffins, sur lesquels il veille comme une mère crocodile protège ses œufs. Il a le teint rosé, il est un peu essoufflé, mais il a l'air content.

– Comment vous vous appelez ? Comment vous vous appelez ? Hein ? Comment vous-vous appelez ?

Je comprends enfin que c'est à moi qu'on s'adresse. Une autre voisine de table, à ma gauche.

Elle s'exprime d'une voix si lasse qu'elle est à peine audible. Son visage se tord dans une grimace désespérée.

– Je suis Grace, lui dis-je, pour essayer de calmer ce masque tourmenté.

Mais ma voisine a tourné la tête pendant que je parlais. Elle n'a rien écouté. Elle demande à un petit homme brun, assis à la table qui jouxte la nôtre :

– Comment vous vous appelez ? Comment ?

L'homme ne lui prête aucune attention, alors elle grince des dents, elle gémit comme un chien, et je pense: «Mon Dieu, Grace, c'est vrai, n'oublie pas que ces gens sont fous...»

Derrière moi, le vieux monsieur tousse à nouveau, avec un bruit caverneux abominable, qui n'en finit plus. Un infirmier s'exclame, sans aménité:

– Leroy! Vous crachez partout! C'est dégoûtant! Ho! Vous m'avez entendu?

Le ton me choque. Ce malade doit avoir quatre-vingts ans et celui qui s'adresse à lui de cette façon pourrait être son petit-fils. Un vieillard mériterait du respect. Il recommence à tousser, plus fort. On dirait presque qu'il lance un défi.

– Allez, ça suffit! Vous mangerez dans votre chambre!

L'infirmier et une femme en blouse verte, à pas décidés, s'approchent du vieil homme noir.

– Non! Je ne veux pas aller dans ma chambre! Non! Non! se met-il à hurler, en roulant des yeux de cheval emballé.

– Moi, je veux la chambre! Je veux aller me recoucher! braille son compagnon de table, un Asiatique presque aussi âgé que lui.

Les malades bruissent, comme une rafale de vent qui annonce la tempête. Un très jeune métis, curieusement vêtu d'un bas de pyjama et d'une épaisse doudoune de ski rouge, se lève d'un bond, faisant tomber sa chaise.

– Reste assis! lui intime un autre infirmier qui a surgi des cuisines, suivi par plusieurs soignants.

– Enfoirés! crie le jeune homme.

Alors, les malades se mettent à vociférer. Ils se lèvent, certains tenant leur nourriture, leurs bols. Je suis une des seules à rester assise. J'entends, perdu dans ce concert, un rire aigu, inextinguible.

Comment cela va-t-il se terminer? Est-ce qu'il y a des émeutes, dans les hôpitaux psychiatriques?

Un homme s'encadre dans la porte du réfectoire; il est grand, la mine austère. Il porte des Ray-Ban Aviator, de vue, et il a la mèche du chauve: depuis ses tempes encore fournies, il laisse pousser ses cheveux qu'il rabat sur le dessus de son crâne, comme un capot; mon premier réflexe est de penser qu'il s'agit d'un autre malade. Mais les cris s'apaisent net. Chacun s'assied, vite, maladroitement. La femme qui veut connaître le nom des gens renverse sur elle la moitié de son bol de café, mais ne semble pas s'en soucier. Tous chuchotent autour de moi:

– Marion... C'est Marion...

Le chauve à capot se dirige à pas majestueux vers une des infirmières. Je ne sais quel pouvoir il possède, mais il en jouit.

– Tout se passe bien? s'enquiert-il, comme s'il n'avait rien constaté d'anormal dans ce début d'insurrection.

– Oui, docteur.

– Eh bien, c'est parfait. Continuez.

Il s'en va. Les malades, matés, dociles désormais, le suivent des yeux. Pour être aussi craint ou révéré, est-ce qu'il est leur prophète et leur maître? Mais qu'est-ce que c'est que cet endroit? Heureusement, je n'y reste que quelques jours.

On est venu me prendre à la sortie du petit déjeuner; c'est une jeune infirmière un peu ronde. Ses cheveux roux dansent en flammèches sur son crâne, sa peau est blafarde, semée de taches de son. Elle me dit qu'elle s'appelle Dalenda. Elle a l'air gentil, et dynamique.

– On va vous mesurer sous toutes les coutures, madame Fairhope.

– Comment ça?

– Quelques petits examens, pour voir comment vous vous portez.

– Est-ce vraiment nécessaire, mademoiselle? Je ne vais pas rester longtemps ici, vous savez...

– On ne sait jamais exactement combien de temps on va séjourner chez nous, madame Fairhope.

– Qui est le monsieur de tout à l'heure?

– Quel monsieur?

– Avec les lunettes Ray-Ban...

– Vous voulez sans doute parler du Dr Marion ? C'est notre directeur.

– Il est...

– Très compétent.

Le visage de la jeune infirmière est indéchiffrable. Son demi-sourire peut signifier n'importe quoi, mais elle exsude la bienveillance, et dans ce lieu effrayant cela me fait beaucoup de bien. Tandis que nous approchons du bocal, nous croisons un garçon arabe coiffé d'un casque. Il glisse à côté de nous, sans faire de bruit. Ses cils sont immenses, féminins, splendides ; on les dirait passés au khôl.

Je m'apprête à demander à l'infirmière le pourquoi de cette nouvelle bizarrerie quand le garçon s'effondre, exactement comme un pantin dont on a coupé les fils. Le casque heurte le dallage avec un *poc* sonore, glaçant. Dalenda range dans sa poche le trousseau de clés qu'elle avait sorti, et en deux enjambées elle s'est agenouillée. Même ses mouvements ont un je-ne-sais-quoi d'efficace.

– Ibrahim ? Ibrahim ? Tu m'entends ?

Tout en murmurant elle a glissé sa main en coupe sous le crâne casqué. Enfin, un battement des longs cils semble déplacer l'air : le malade s'est réveillé. Je comprends pourquoi on lui fait porter un casque.

– Ça va, Ibrahim ?

– Oui, Dalenda.

Le garçon se redresse sur un coude. Il n'a pas l'air autrement affolé. Il est habitué; sa maladie doit lui ôter la vie dans des caprices inopinés, puis la lui rendre. Une autre infirmière est venue, qui dit:

– Vas-y, Dalenda, tu peux t'occuper de Mme Fairhope, je me charge du cascadeur.

On me mesure, en effet. Dans le bocal, bien plus vaste qu'il n'y paraît de l'extérieur. Une pièce spéciale s'y trouve, avec tout un dispositif médical. Dalenda s'affaire autour de moi, abeille joviale et potelée.

– Un mètre soixante tout net. Montez sur la balance, allez, on retirera un ou deux kilos pour les vêtements. Quarante-six moins deux... Vous pesez quarante-quatre kilos! Mais, ma parole, vous êtes un vrai colibri! Remarquez, vous êtes musclée. Vous faites du sport?

– Je nage trois fois par semaine. Quand je ne peux pas, je cours.

– Vous êtes très athlétique!

– J'ai été dans l'équipe All-America en fond.

– Ça se voit! Allongez-vous, madame Fairhope. Là, oui. Ouvrez votre chemisier, que je vous pose les électrodes pour l'électrocardiogramme. Voyons... quatre-vingt-douze... c'est un peu rapide.

– Quatre-vingt-douze battements minute? Mais je bats à quarante-huit!

– D'habitude, vous voulez dire ? Ici c'est différent, le stress provoque beaucoup de choses. Certains traitements, aussi. Ça va se calmer. Tendez le bras, pour la tension... Qu'est-ce que c'est, ce bleu ?

– Je suis tombée... en courant.

Comment pourrais-je dire autre chose ? Je me suis juré de ne jamais en parler !

JEWEL FAIRHOPE
Sylvan Highlands, 8 février 1980

Pendant la messe, Esther s'ennuyait. Elle m'a dit à voix basse que les choses pointues aux murs des églises pour enfoncer les gros cierges, ça sert aussi à piquer les fesses des gens qui ont fait des péchés. J'ai éclaté de rire. Le prêtre s'est arrêté de parler pendant pas très longtemps mais quand même, et des gens se sont retournés. Après, Papa s'est penché vers nous. Il était rouge, avec sa vilaine grimace, et il a dit entre ses dents :

– Vous allez payer ça à la maison. Et toi, gueule de Judas, baisse les yeux.

Il me dit tout le temps de baisser les yeux. Mais il dit aussi que les gens, quand ils ne regardent pas dans les yeux, c'est parce qu'ils sont des sournois. Moi, je ne veux pas être sournoise.

Qu'est-ce que c'est, un Judas ? Je n'ose pas lui demander. Il me fait très peur. Encore plus à Esther. Elle a déjà fait pipi dans sa culotte quand il la disputait. Mais il n'y a que moi et Maman qu'il tape, pas ma petite sœur, et ça au moins c'est bien.

Quand on est arrivés à la maison après la messe, il m'a donné un coup de pied dans les fesses tellement fort que j'ai sauté en l'air. J'ai senti le mal jusque dans mes dents et j'ai cru que j'avais le derrière cassé. Après, il est allé regarder la télévision. Je n'ai pas pleuré. Je suis allée dans la chambre avec Esther et je lui ai dit que Maman allait bientôt revenir.

En fait, je ne sais pas si c'est vrai.

Je fais des pages d'écriture pendant qu'Esther joue à la poupée. J'aimerais bien m'amuser avec elle, mais Papa vient vérifier des fois, et si je n'ai pas terminé mes pages, c'est terrible. J'étais fière quand Papa m'a appris à lire et que je savais à trois ans, même que les copains de Papa et Maman disaient que j'étais un petit génie. Je me souviens, la première vraie phrase que j'ai lue c'était : « La voiture est rouge. » La première que j'ai écrite, c'était : « La vache meugle. »

Les enfants de mon âge, ils lisent encore mal, mais pas moi. Papa a dit à Maman :

– La petite est douée. Elle ira à Stanford.

Je ne sais pas ce que c'est, Stanford. Maman a répondu :

– Elle choisira, peut-être ?

– Ma pauvre Grace, encore tes pitoyables idées de liberté, a dit Papa.

Souvent, je ne comprends rien à ce qu'il raconte. La liberté, c'est mauvais ?

Il y a des tas de choses que je ne connais pas, mais je vais apprendre. Il faudra que je me débrouille toute seule : je refuse de demander à Papa parce que j'ai peur de lui, et je refuse de demander à Maman parce qu'elle est toujours fatiguée, et qu'elle fronce les sourcils quand on la questionne, comme si répondre c'était encore un effort de plus. Maman, elle fait plein de trucs. Trop je crois. Elle donne des cours sur l'océan à l'université, elle s'occupe d'Esther et de moi, elle fait très bien la cuisine, et elle va tout le temps à la piscine, même qu'elle nage comme un poisson, c'est le maître nageur qui lui a dit quand j'étais là. Moi aussi je sais nager, et Esther, presque : elle a encore les bouées aux bras et elle est dans le petit bassin, je reste avec elle pour qu'on s'amuse.

Quand je pense à Maman, je me dis que c'est une femme moderne, comme ils ont dit à la télévision. Moi aussi, je serai une femme moderne.

Papa entre dans la chambre quand je suis en train de finir ma page d'écriture. Il marche comme quand il a de mauvaises idées, et il sent le tabac et le whisky.

– Elle revient quand, Maman ? demande Esther.

Papa lève les bras, et il les agite.

– Je vous ai dit qu'elle était très malade ! Vous n'êtes pas stupides à ce point-là !

Je croyais que j'allais me faire taper parce que je ne le regardais pas comme il faut ou quoi, mais Papa s'accroupit, et il dit :

– Venez, mes petites, venez contre votre Papa. Nous allons penser très fort à notre Maman pour la faire revenir.

Quand il prend sa voix gentille, je sais qu'il n'y a rien à craindre tant qu'on fait exactement ce qu'il demande. On peut venir. Esther court dans les bras de Papa. Moi aussi je viens, mais je ne suis pas comme ma sœur. Je crois que je réfléchis plus parce que je suis plus grande, et aussi parce que je suis souvent tapée par Papa. C'est un peu dégoûtant, je pense, de faire des câlins et des bisous à quelqu'un quand on lui a cogné superfort dans le derrière pas très longtemps avant. Oui, c'est un peu dégoûtant, mais j'y vais tout de même. On ne sait jamais.

Ça sent encore plus fort le whisky, comme ça sentait le gaz quand une fois le tuyau de la cuisinière s'est détaché et que Maman a éteint le feu à toute vitesse en parlant dans sa barbe même si elle n'a pas de barbe.

Quand il en boit, du whisky, Papa peut être très gentil – presque trop, ça dérange comme de la gelée qui coule sur les doigts en sortant d'un beignet – ou au contraire très méchant. Le soir après le dîner, quand il est assis dans le sofa je lui remplis un verre énorme – énorme ! –, et Papa me dit :

– Ouh là ! Doucement, petite !

Mais il a une voix contente, et après il reste calme devant la télévision. Donc je fais attention à ce que le verre soit aussi rempli que possible. Plus il y en a, plus on est tranquille. C'est surtout quand il boit du bourbon dans la journée que là, on ne sait pas. Il peut être doux, normal, ou archihorrible et taper. J'essaie d'apprendre à reconnaître les moments pour prévoir, mais c'est difficile.

Ce qui me fait réfléchir, c'est que Papa, il est notaire, un travail important, autant que ministre. Un travail très grand. Alors comment Papa fait pour dire ses gros mots là-bas ? Il ne peut pas avoir l'air mal élevé dans son travail. Je crois qu'il ne dit des gros mots que quand il est à la maison. Pareil pour les coups. Il ne peut pas taper sur les gens, parce que ça ferait des histoires.

Je pense qu'il a peur, aussi, quand ce n'est pas

Maman ou moi. Je n'en suis pas sûre, mais presque. Un jour, on revenait du KFC en voiture, et Papa a roulé trop vite, et il a eu un petit accident avec un monsieur dans une camionnette. Le monsieur a ouvert sa portière très fort – elle a même rebondi contre sa jambe – , et il est venu vers nous en faisant des grands pas, et il a dit à Papa de sortir de sa voiture. Mais moi, j'ai vu dans le rétroviseur que Papa avait les yeux tout ronds qu'on a quand on est effrayé, et il a appuyé sur le bouton pour verrouiller de l'intérieur la porte de notre voiture, et il a démarré en écrasant presque le monsieur. Après, il regardait tout le temps en arrière pour voir s'il y avait quelqu'un qui nous suivait. Quand on est arrivés à la maison, Papa a bousculé Maman pour entrer. Il respirait fort par le nez.

Il a crié :

– Cette baraque est un taudis ! Non mais regardez-moi cette porcherie ! Grace, tu me feras le plaisir de nettoyer et de ranger. Et empêche les gamines de tout saloper ! Comment veux-tu que j'invite qui que ce soit là-dedans ? Tu n'es bonne à rien !

Moi, je trouvais que la maison était très propre, et puis, avec Esther, ça faisait longtemps qu'on faisait attention à ne pas mettre du désordre, parce qu'on savait que ça provoquait des histoires. Maman, elle regardait par terre. J'ai cru qu'elle avait honte, mais je me suis peut-être trompée. Elle pouvait avoir peur aussi, ou être encore fatiguée. C'est difficile de savoir ce que pense Maman. On dirait qu'elle est cachée à l'intérieur de son corps, comme dans une grotte, ou, je ne sais pas, un coquillage.

GRACE FAIRHOPE
Mockingbird, 8 février 1980

La grosse femme s'appelle Nadia. Elle loge dans la chambre qui jouxte la mienne, au fond du couloir, loin du bocal. Il y a quelque chose qui ne va pas dans son attitude à mon égard. Je serais bien incapable d'établir un diagnostic de ses troubles. Mais je commence à comprendre qu'ici les malades les plus perturbés ne se remarquent pas forcément au premier coup d'œil; qu'il y a des façades étonnantes. Ainsi, un homme de mon âge, la petite trentaine, qui a une allure sportive, les cheveux mi-longs bouclés et le teint hâlé. Il donne une apparence de bien-être sain. À peine dégage-t-il un peu de nervosité. En vadrouillant sur les mers, il m'est fréquemment arrivé de croiser ce type d'homme, à la chevelure décolorée par le soleil et les embruns, au physique sec. Je me suis rapprochée de lui dans la salle où sont installés quelques jeux de société dépareillés et un minisnooker. J'avais envie de parler enfin, et c'était un des malades qui semblait le plus normal, si ce terme est approprié ici. Au départ, la conversation était cohérente, nous nous sommes présentés – il s'appelle Dave –, nous avons discuté du temps, qui est à la neige. Puis, tout à coup, il m'a dit:

– Savez-vous que les médecins, ici, sont des aliens? Des lézards de l'espace! Ils font des expériences avec nous, ils nous observent. Mais nous devons défendre notre espèce!

J'ai dû avoir l'air un peu surpris. Il a cligné de l'œil, puis continué, à mi-voix, du ton de la confidence:

– Nous sommes nus sous nos vêtements, c'est ça le vrai problème. Nous sommes nus, a-t-il répété avec la conviction tranquille que j'aurais pu avoir en expliquant un phénomène océanique à mes étudiants.

J'ai compris que cet homme était entré dans une sorte de délire. Constatant ma mine perplexe, il a paru se vexer.

– Croyez-moi, je vais faire cesser ce scandale! Il n'est pas question, pas question que je me laisse manger par des lézards!

Cette Nadia me regarde comme si j'avais tué toute sa famille. C'est de la haine que je lis dans ses yeux. Peut-être aurais-je pu l'éviter si elle était logée dans un autre couloir, mais nos portes ne sont séparées que par deux mètres. Nous nous croisons sans cesse, et plusieurs fois déjà elle m'a volontairement bousculée. Elle pèse certainement plus de cent kilos, répartis sur une charpente très robuste. Ses cheveux longs et embrouillés ne doivent pas être souvent lavés. Elle passe ses journées dans des pyjamas sales et froissés. Mais ce qui met le plus mal à l'aise chez elle, ce sont ses ongles d'orteil, cornés, longs et noirs. Nadia parle seule, à l'instar de beaucoup de patients, mais chez cette femme c'est un murmure de rage constante. D'épouvantables gros mots surgissent de temps à autre de ce galimatias, et résonnent dans les couloirs de l'hôpital comme des malédictions. Quels démons habitent donc cette femme? Je veux espérer que son agressivité à mon égard n'est que temporaire; d'ailleurs, je vais bientôt pouvoir partir de l'hôpital, je pense.

J'ai identifié celui qui rit si fort. C'est un garçon indien, peut-être cayuse, d'une vingtaine d'années. Il a une vitalité étonnante, surtout ici où les malades se traînent dans les couloirs, ou restent assis des heures sur des chaises près du bocal, coudes aux genoux, menton dans les mains.

Lui ne s'arrête jamais. J'ai entendu qu'on l'appelait Adrian. Il fait très attention à sa toilette. C'est rare dans le service, où les malades sont dépenaillés, où beaucoup d'infirmiers, comme le reste du personnel soignant, sont eux-mêmes négligés. On voit qu'Adrian accorde une grande importance à son apparence, et que ce n'est pas que pour la galerie, mais pour lui. Ses jeans sont propres, on les dirait taillés sur mesure. Ses chemises et ses T-shirts sont repassés, et ses chaussures de cuir noires soigneusement cirées.

Le comportement de ce garçon est extravagant. Il se poste le plus souvent devant le bocal, et apostrophe les autres patients avec lesquels il a lié amitié.

– Hé! Hé! Les mecs! Regardez!

De son soulier, il frappe le dallage avec une force inouïe. Le son résonne, et la vibration s'étend dans la pièce comme un séisme. Je ne comprends pas comment il fait pour ne pas se blesser. Puis il éclate de rire, le visage illuminé par le ravissement, et il part en courant comme un dératé dans un des couloirs, il revient dans une cavalcade amplifiée par l'espace clos; il tape à nouveau du pied, riant d'un bonheur absolu: l'exaltation d'un avare qui a trouvé une caisse d'écus.

– Vous avez vu, les mecs?

Je l'appelle le garçon-cheval. Il est dérangé, c'est entendu, mais dans cet univers morose où le désespoir suinte des murs, Adrian apporte de la gaieté,

une impulsion de vie. Est-ce que son trouble est gué-
rissable ? Ce garçon est si aimable, son caractère si
saugrenu. Il nous offre son spectacle : c'est le cirque
des fous.

JEWEL FAIRHOPE
Sylvan Highlands, 11 février 1980

Et si Maman ne rentrait pas ? Tout à l'heure, j'ai
fait un cauchemar. Maman et moi, on nageait dans
la mer, l'eau était transparente, on voyait le fond de
sable. Maman me disait :

– Allez, moussaillon ! On sort de la crique ! Droit
sur le large !

Alors on nageait vers là où c'est profond, et tout
à coup on ne voyait plus du tout le sable en dessous,
et je commençais à avoir peur, mais Maman répétait :

– Allez, moussaillon !

Donc on continuait à nager, mais même le ciel
était devenu noir. Et ensuite, ça c'est affreux, un
grand poisson est venu des profondeurs, un poisson
comme un mérou mais dix fois plus énorme, et il a
avalé Maman et je me suis retrouvée toute seule dans
la mer, et je criais :

– Maman ! Maman !

Mais il n'y avait plus personne.

Maintenant je suis réveillée, dans mes draps collants, et j'ai de la transpiration sur la figure.

Je regarde vers le lit d'Esther. Mon petit gâteau au chocolat dort. J'écoute sa respiration. Normalement ça me calme, mais pas cette nuit. Esther, elle dort facilement, et elle est même très dure à réveiller. Je crois que j'ai besoin d'un adulte. Je me lève, je sors dans le salon, et je monte l'escalier vers la chambre de Papa et Maman.

Papa dort aussi. Je me mets devant lui à côté du lit et ça sent le whisky, et aussi le tabac, et l'eau de Cologne.

– Papa ? Est-ce que je peux dormir avec toi ?

Comme les rideaux ne sont pas complètement tirés, on voit la lumière de la lune et ça fait des couleurs bizarres. Les draps sont très blancs, et la figure de Papa, bleue. Je n'ai pas parlé assez fort, alors je recommence :

– Je peux dormir avec toi ?

Papa ouvre les yeux. Il est surpris. Nous nous regardons longtemps sans rien dire, et finalement j'ai peur d'entendre « tu vas baisser les yeux, petite saloperie », mais non. Papa prend le réveil, il lit l'heure, et il me demande :

– Jewel ? Qu'est-ce que tu fais ici en pleine nuit ?

– J'ai fait un cauchemar très abominable. Je peux dormir dans ton lit ?

Je ne sais pas pourquoi je demande ça, en fait, parce que Papa me fait quand même presque aussi peur que le vilain rêve. C'est Maman que j'aurais voulu retrouver, mais elle est à l'hôpital, et on n'a pas le droit d'y aller.

Papa va me disputer. C'est tout. Et me donner une gifle parce que je l'ai empêché de dormir.

Mais non : il soupire, et il montre le coin du lit où Maman est allongée d'habitude.

– On dort. J'ai du travail à l'étude, demain très tôt.

Je me mets dans les draps. Comme Papa n'a pas l'air méchant cette nuit, tout à coup je pose une question à laquelle je n'avais même pas réfléchi.

– Qu'est-ce que c'est, une gueule de Judas ?

La respiration de Papa s'arrête. Je vais recevoir une gifle, cette fois c'est sûr, oh, pourquoi est-ce que j'ai dit ça ? D'abord Papa ne dit rien. Et puis il parle :

– Rien. Ce n'est rien du tout. Dors, Jewel.

Je pense au grand poisson qui mange Maman, mais je ne peux plus en parler parce que ça ne se passerait pas bien du tout.

Bon, je n'ai pas réussi à dormir dans le lit de Papa et Maman, alors je me suis levée en faisant archisuperattention à ne pas faire de bruit, et je suis descendue pour retrouver mon petit gâteau au chocolat. Ce qui est bien avec elle, c'est qu'on pourrait faire de la trompette à côté de sa tête, elle ne se réveillerait pas. Une fois j'ai joué au Simon (Tu-tou-ti-tou-tu!) au milieu de la nuit, et pourtant on a nos lits tout près; eh bien, elle a continué à ronfler comme un vieux chien. Je sais que les vieux chiens ça ronfle, parce que la voisine, Mme Rogan, elle a un vieux cocker américain qui s'endort partout, vu qu'il est vieux, et il fait un de ces bruits! Comme une tondeuse à gazon.

Je récite une prière pour que Maman soit moins malade, et Dieu, c'est sûr, va faire qu'elle reviendra vite. Guérie, et tout. Comme avant.

GRACE FAIRHOPE
Mockingbird, 14 février 1980

Je suis effondrée. Tout à l'heure une infirmière, grande et mince, aux yeux gris à la fois froids et inquiets, est venue me chercher parce que le Dr Marion désirait me voir.

Retour dans le bocal.

Le directeur m'attendait derrière un bureau. Quand l'infirmière et moi sommes entrées, Marion a continué à écrire sans même lever la tête, interminablement, comme si nous n'étions pas là.

J'ai trouvé que c'était une démonstration caricaturale de son pouvoir. Je n'étais plus au collège, debout devant un adulte, parce que j'avais fait une bêtise! Aussi, je me suis assise sans plus attendre devant le bureau, saisissant au passage le coup d'œil désapprobateur de l'infirmière.

Marion a mis fin à ses travaux de plume avant de me toiser comme l'aurait fait justement autrefois le censeur, quand j'avais perpétré un crime contre l'ordre scolaire.

– Madame Fairhope... Comment vous portez-vous? Il est temps que nous discutions un peu. La présence de l'infirmière ne vous dérange pas?

J'ai haussé les épaules.

– Très bien, madame Fairhope. Nous allons mettre au point ensemble, vous et moi, les modalités de votre séjour.

D'inquiétude subite, mon cœur s'est arrêté. J'ai tendu l'oreille.

Ils veulent me garder plusieurs semaines. Deux mois seraient bien, selon le Dr Marion. À affiner selon mon état, a-t-il précisé. Pas de visites. On peut juste me déposer du linge propre et des produits pour la toilette. Je commence à comprendre les dangereuses subtilités de la psychiatrie: comme je ne me suis pas opposée à mon hospitalisation et que je n'ai pas été admise de force, cela me donne supposément le droit de sortir de l'hôpital quand j'en ai envie. Mais Marion et l'infirmière m'ont prédit les dix plaies d'Égypte si je m'en allais malgré l'avis médical. Je n'ai pas les idées claires, à cause des cachets qu'on me donne trois ou quatre fois par jour, et qui me rendent aboulique : les prises de décisions importantes sont quasiment impossibles, je flotte dans un brouillard médicamenteux.

– On vous a trouvée en pleine crise dans un magasin, sanglotant et criant, m'a dit Marion. Ce n'est pas anodin, et vous ne voulez pas que cela se reproduise, je le suppose, n'est-ce pas, madame Fairhope ?

William m'avait insultée toute la journée. Il m'avait aussi craché à la figure, il m'avait dit que je n'étais que de la sous-humanité. Je m'étais enfuie au hasard des rues, et j'avais trouvé ce magasin d'antiquités, où j'étais entrée pour avoir un toit me protégeant de la pluie glacée, un endroit aussi où il y avait un peu de beauté, même à vendre.

Entre un ancien sac à médecine menominee, un fauteuil Tudor et une commode Empire, trônait, posée sur une table de verre, une petite statue étrusque. J'avais été touchée au ventre, parce que très jeune j'avais plongé sur la côte adriatique en Italie avec mon frère Ron, et nous y avions trouvé un morceau de mosaïque étrusque.

J'étais restée à contempler la petite statue, et soudainement je m'étais rappelé mes parents déportés par les nazis pour activités socialistes en 1943, avant ma naissance, et revenus vivants des camps, juste le temps d'émigrer en Oregon et de nous avoir, Ron et moi. Mais morts vingt-deux ans après dans une avalanche, au mont McKinley.

Je m'étais souvenue de mon père surtout, si austère et si droit, épris de justice et d'équité. Qui avait combattu pour les droits civiques aux États-Unis, son nouveau pays, avec autant de fougue qu'il l'avait fait dans l'Europe de sa naissance. Quelle fureur sèche aurait-il manifestée s'il avait entendu le mari de sa fille prononcer ce terme «sous-humanité»?

Mon père était né en France, il y avait vécu jusque pendant la guerre, il connaissait le poids de ces mots.

Avant de me marier avec William, j'avais été fiancée à Sacha, qui était parti pour Israël, où il avait décidé d'exercer dans un kibboutz son métier d'ingénieur; j'étais bien trop timorée pour le suivre, et je l'avais perdu. Mes parents avaient eu le temps de rencontrer Sacha, mais ils étaient déjà couchés dans leur tombe quand je m'étais à nouveau fiancée. Ni mon père ni ma mère n'avaient connu William. Comment avais-je pu épouser cet homme? Quelque chose de secret, d'innommable, d'indigne à mes yeux, pour tout dire, m'empêchait de prendre sous mon bras Esther et Jewel, puis de m'enfuir comme si j'avais à mes trousses le diable et ses légions. Je voulais croire que la raison principale de cet immobilisme n'était pas la simple honte d'avoir à reconnaître, devant les gens que je connaissais, que je m'étais mariée à un monstre, si opposé en tout à ce qu'on m'avait enseigné depuis ma petite enfance. Comme si, m'entêtant à rester, j'allais finir par bénéficier d'un changement magique, qui verrait mon mari se métamorphoser en homme doux et digne.

L'antiquaire avait surgi de son arrière-boutique, et m'avait demandé, doucement, ce qui m'intéressait. À ce moment, j'avais commencé à sangloter, si fort que je m'en étouffais. Pourquoi n'arrachais-je pas mes filles à cette atmosphère démoniaque, pourquoi est-ce que je ne partais pas ? Pourquoi ne leur offrais-je pas la grâce et l'apaisement ? Et à moi-même ? Est-ce que, vraiment, nous ne méritions pas autre chose, Jewel, Esther et moi ? L'océan, ses vagues écumeuses, son ventre plein de merveilles, le soleil rasant des criques, au soir ? Le ciel aux nuages effrangés ? La sensation, au fond de soi bien ancrée, qu'il est bon et beau de vivre ?

Non, non, c'était perdu, c'était trop tard, je n'avais plus la force d'aller chercher cette vie-là, même pour mes filles. Ce n'était plus qu'un songe, qui n'appartenait nullement à l'existence réelle. L'existence, c'était William.

Plus l'antiquaire tentait de me raisonner, plus je ressentais cet effroi, si bien que je m'étais mise à hurler sans plus m'arrêter. Mes cris alimentaient mes cris; il y avait une part de moi qui pensait, qui me répétait sans cesse: «Tais-toi, tais-toi, tu as l'air d'une folle, tais-toi, Grace»... Mais une autre part, plus forte, produisait ces hurlements affreux. Jusqu'à ce que l'ambulance s'arrête devant la boutique d'antiquités.

JEWEL FAIRHOPE
Sylvan Highlands, 27 février 1980

Je voudrais faire le travail de Maman à la maison, mais ça c'est très dur, parce que quand même je n'ai que sept ans. Pour la cuisine par exemple, Maman est trop bonne. Je ne pourrais pas la copier. De toute façon, je n'arrive même pas à soulever la poêle à *pancakes*.

Papa nous a forcées à manger les cornflakes avec du lait chaud, et c'est dégoûtant parce que ça fait une bouillie, ça ne croustille plus. Esther a dit:

– Je n'en veux pas, c'est dégoulasse.

Elle prononce «dégoulasse». Normalement c'est

drôle et on rigole bien, mais là j'avais peur pour elle, donc j'ai dit que ce n'était pas grave, que j'allais finir ses cornflakes. Heureusement, parce que Papa n'était pas du tout de bonne humeur. Il tournait autour de nous comme une guêpe. Quand il fait ça, il faut faire très attention.

Une copine à l'école a un vieux chien, un cocker anglais qui s'appelle Tuck. Dans cette race, parfois ils deviennent méchants en vieillissant, et ils mordent sans raison. Mais je pense qu'ils ne le font pas exprès, c'est juste leur cerveau de chien qui ramollit, ou un truc dans ce genre.

Papa, il n'a pas la cervelle molle, il est... Je ne sais pas ce qu'il a.

GRACE FAIRHOPE
Mockingbird, 28 février 1980

Je tape 4141 sur les touches d'acier de ma porte. Souvent il me faut le bout de papier : j'oublie le code. À une occasion j'ai même oublié que j'avais le papier, et j'ai dû demander à un infirmier de venir m'ouvrir.

Mes filles ! Mes amours ! Que vont-elles devenir ? La tête me tourne. À l'issue de ce terrible entretien d'il y a, quoi ? quatre, cinq, huit jours ? – je ne sais

plus –, à l'issue de l'annonce de ces semaines d'enfer-
mement qui m'attendaient, Marion a dit à l'infirmière aux yeux gris de me donner dorénavant un
calmant dont je n'ai pas retenu le nom. Je le prends
le matin et le soir, en plus de tous les autres médicaments ; c'est un liquide transparent, contenu dans un
petit dé. Il altère toutes mes facultés. Je reste allongée sur mon lit pendant des heures. En dehors des
repas j'arrive juste à aller marcher, trébuchante, dans
le jardin minuscule du service, mais à cause de son
étroitesse on ne peut y faire que des allers et retours
grotesques. Je bute sans cesse contre un caillou, une
racine, à cause de toute cette chimie qui m'empêche
même de lever les pieds pour une marche normale.

Ici on peut rester immobile, comme un lézard dans
un vivarium, tout au long de la journée. Mais mon
corps est depuis longtemps habitué au mouvement,
à la nage surtout, et l'effort physique me manque.
Je tourne donc dans ce jardinet entouré d'une haute
clôture en treillis de fil de métal recouvert de plastique vert. Au-dehors, à travers les alvéoles hexago-
naux du grillage, on voit des voitures qui passent.
C'est le monde libre.

Le froid fait qu'en général je suis seule dans le
jardin. Sans cesse, mon esprit vagabonde, mais il
suit les impulsions désordonnées que lui imposent
les médicaments, et je dois accomplir des prodiges

de volonté, fronçant les sourcils, pour formuler une pensée cohérente. Tout à l'heure je ne me rappelais plus le prénom de Jewel...

Il faut que je prenne soin de mes filles. Je peux m'en aller de cet endroit dès que j'en exprimerai le désir. Oui. Mais au moins ici on s'occupe de moi. Je n'ai plus de décision à prendre, plus d'effort à accomplir. Dehors m'attend mon travail, auquel je faisais face avec de plus en plus de mal. La responsabilité des enfants. La cuisine à la maison. Le lit avec William, et surtout les insultes et les coups.

Ici personne ne me frappe, et les médicaments me font parfois oublier... tout. Les souffrances, les regrets, les échecs. Le soir venu, après que nous avons dîné, quand chacun retourne à sa chambre, je prends au bocal un somnifère puissant qui, l'espace d'une demi-heure, avant que je sombre, me donne l'impression que la vie est facile.

Je reviens du jardin. J'y ai vu un rouge-gorge, qui est resté assez longtemps sur une branche basse pour se faire admirer. Ses couleurs étaient si vives, par contraste avec le service, où tout semble pâle : le blanc des infirmiers, le vert peu soutenu des aides-soignants, le jaune poussin des carreaux du couloir.

Je croise Dalenda, qui d'une voix claire me demande :

– Ça va, madame Fairhope?

Je hoche la tête, trop abrutie pour trouver le temps d'une réponse.

La porte de la chambre attenante à la mienne est entrouverte. Quand je m'immobilise pour taper mon code, Nadia jaillit dans le couloir. Je sais qu'elle guette ainsi, des heures durant, à la manière d'une araignée. Parfois j'entends sa respiration, et je me dépêche de m'enfermer. Mais aujourd'hui elle a décidé de se montrer. Les cheveux de la grosse femme sont recouverts de shampooing séché.

– Tu es entrée chez moi! Tu m'as volé ma brosse! Je savais que tu avais une sale tête de voleuse! Tu crois que je ne te surveillais pas?

– Votre brosse? On vous a volé votre brosse?

– Fais pas ton innocente! Je te tue, moi!

Nadia fait le double de mon poids. Je sens, dans son haleine, une odeur de bonbon chimique à la fraise, qui se mélange à celle du shampooing. Cette femme mange constamment.

Elle m'agrippe par le devant de ma veste, me soulevant à bout de bras.

– Ma brosse!

J'entends dans mon dos des pas qui résonnent sur le carrelage. Nadia, avec une prestesse infernale, me lâche, puis se coule dans sa chambre. Je me retourne; c'est encore Dalenda, portant des couches et du matériel médical destinés à Leroy, le vieil homme qui, à chaque repas, crache le contenu de ses poumons dans son assiette.

L'infirmière a forcément vu ce qui se passait entre Nadia et moi. Cependant, elle me frôle, souriante, bouche cousue.

Je me précipite dans ma chambre, mais j'en ressors presque aussitôt et je vais taper à la vitre du bocal pour qu'on me donne un calmant. Quand on attend devant cet endroit cela peut durer vingt minutes, une demi-heure, parce que les soignants nous ignorent, mais je sais que si j'insiste avec patience, acceptant l'humiliation, je finirai par avoir mon médicament. Je voudrais dire, pour hâter les choses, pour me sentir moins rabaissée: «Je ne suis pas folle! Je ne suis pas comme eux! Moi, je suis océanographe, je parle trois langues, je viens de l'Ivy League, vous voyez bien que je ne suis pas dérangée comme les autres!»

Mais cela, ici, n'est pas écouté. Et, au fond de moi, je pense que c'est un bien. Au moins, entre ces murs, aucune hiérarchie sociale ne règne.

Une vingtaine de patients sont assis sur des chaises, le long des murs, autour du bocal. Ils ont cette expression hagarde que je n'ai jamais vue ailleurs qu'ici. Ils vivent le supplice antique de l'éternel recommencement. Rien ne bouge, c'est le rituel immuable des jours qui passent, tous les mêmes. Chacun ici est Sisyphe; les heures sont le rocher qu'ils poussent.

Un homme d'une cinquantaine d'années, récemment admis, qui traîne le long de la jambe de son pyjama une poche remplie de liquide clair, vient vers moi. Il se met aussi à cogner contre la paroi du bocal. Il arrive que, par contagion, plusieurs malades se mettent à taper en même temps sur le verre épais.

L'homme à la poche tend le cou dans ma direction, il rit, caquète comme une poule, se racle la gorge, puis fredonne :

– *Happy days... Ooooh happy days...*

JEWEL FAIRHOPE
Sylvan Highlands, 11 mars 1980

J'ai voulu faire des *pancakes*, mais j'ai raté. D'abord j'ai eu du mal à comprendre la recette (je sais lire, mais pas trop quand même) et aussi j'ai renversé le saladier avec la pâte et il s'est cassé. J'ai essayé de nettoyer toute seule parce que la dame qui s'occupe de nous pendant que Papa est au travail était déjà partie. Je ne veux pas me souvenir de son nom, à cette dame, parce que si... Parce que je ne veux pas qu'elle remplace Maman, alors c'est comme ça. Juste une dame, et je ne dois pas retenir comment elle s'appelle, pour ne pas porter malheur à Maman.

Esther a voulu manger la pâte par terre avec son doigt, mais j'ai crié stop parce qu'il y avait plein de bouts coupants et pointus dedans. J'ai mis tout le verre dans du vieux journal, et j'ai essuyé la pâte avec une éponge. J'ai fait vite, et bien, et j'ai caché le journal au fond de la poubelle, sous les épluchures de navet et les feuilles de maïs. Je ne veux pas que Papa me dise petite saloperie et qu'il me donne une gifle ou je ne sais pas quoi. À la télévision les papas ne font jamais ça, mais moi, je crois que c'est parce que la télévision ce n'est pas vrai. C'est un faux monde.

J'emmène Esther jouer dans la chambre, et alors moi, je fais celle qui achète, et ma sœur fait la marchande. Elle dit avec une fausse grosse voix :

– Qu'est-ce que ça sera aujourd'hui pour la petite dame ? Et avec ça, qu'est-ce que je vous mets ?

C'est trop drôle !

J'entends la clé dans la porte. Papa rentre. Esther change complètement, elle devient toute blanche. Elle a aussi peur que moi.

Tout s'arrête. Ça doit être comme ça quand on est une souris, et que tout à coup on entend le miaulement d'un chat. On a le front et les mains mouillés, le cœur qui bat à toute vitesse, mais on ne peut pas bouger. On voudrait s'échapper, mais notre corps lui-même devient comme une cage serrée.

GRACE FAIRHOPE
Mockingbird, 12 mars 1980

Adrian hennit devant le réfectoire. Il tape du pied, promène un regard ravi sur la foule des malades qui attendent fébrilement l'ouverture de la porte, et pérore :

– Oh là ! Oh là là là ! Vous voulez... Vous voulez voir ça, les enfants ? Vous allez voir ! Oh là là là là !

Un infirmier tente de le raisonner. Les bras encombrés de piluliers vides, il lui dit :

– Tu te calmes, hein, Adrian ! Tu ne nous fais pas ton numéro ! On en a marre, tu fatigues tout le monde.

– Non, je ne crois pas, moi je ne crois pas ! répond le garçon-cheval, hilare.

– Adrian...

– Je ne crois pas du tout ! Ha ! Ha ! Ha !

Le voilà qui s'élance pour une de ses courses désordonnées, qui disparaît dans un couloir, en revient aussi vite dans un bruit de cavalcade. Il saute comme un coureur de haies par-dessus le dossier d'une des chaises, par-dessus un autre... son pied se prend dans l'accoudoir du troisième siège, qui est un fauteuil; un bref instant il est saisi dans son mouvement, à l'horizontale. Ensuite il tombe sur le carrelage, coudes en avant. J'entends le double craquement. J'en ai la nausée. Adrian reste hébété. Il ne commence à geindre que lorsque deux infirmières viennent se pencher sur lui.

Il a les deux bras cassés, au niveau des coudes. C'est Dalenda qui me l'apprend, dans l'après-midi. J'ai dû demander dix fois de ses nouvelles. On refusait de me répondre, comme si c'était enfreindre un redoutable secret.

– Le pauvre garçon, dis-je. Où l'ont-ils mis?

– En traumatologie. Il ne reviendra pas tout de suite, c'est sûr.

Je m'interroge. Comment font-ils, dans les services où les patients sont censés être sains d'esprit, pour prendre en charge, même lors d'un court séjour, les malades mentaux? D'autant qu'Adrian n'est pas d'une nature paisible. Ils doivent le bourrer de sédatifs pour l'abrutir et l'immobiliser.

– Et vous? demande l'infirmière. Comment allez-vous, madame Fairhope?

Je n'ose pas lui parler de la grosse Nadia et de ses menaces. Comme s'il devait y avoir – c'est bien idiot, nous ne sommes pas en prison – une solidarité des malades contre le personnel soignant. Mais désormais, chaque fois que je dois regagner ma chambre, je suis inquiète. Le soir, à la lueur blafarde des néons, Nadia traîne dans les couloirs, tourne autour du bocal, et elle dégage une malfaisance languide qui me rappelle certains tueurs marins – les grands requins –, nageant entre deux eaux, prêts pour leur œuvre de mort.

Quand j'attends pour mon somnifère devant la paroi de verre, elle passe près de moi, à me frôler, produisant une tension électrique. Quels événements, quelle enfance épouvantable ont créé cet affreux caractère ? Je n'imagine pas que ce puisse être seulement déterminé par la naissance.

Beaucoup de malades brutaux, ici, font preuve d'une ruse terrifiante : ils se montrent cruels et apparemment incontrôlables avec les patients les plus faibles, mais ils savent très bien se maîtriser devant les infirmiers et les médecins. Leurs mines, alors, leur simagrées larmoyantes, offrent un spectacle sordide.

Mais est-ce que William n'agit pas de la même manière, lui qui fait bonne figure devant les gens, qui va jusqu'à s'enquérir mielleusement de notre bien-être, aux filles et à moi, quand quelqu'un nous regarde, et qui réserve sa violence et sa haine pour le cercle clos de la famille ?

Jewel! Esther! Il faut que je sorte d'ici, puis que je m'enfuie avec elles, aux antipodes, sans laisser de trace derrière nous. Mais comment ferai-je pour exercer mon travail? Si je reste aux États-Unis, William me retrouvera. À l'étranger, mon diplôme n'a sans doute guère de valeur.

Partir, partir, partir, partir!

Je dois trouver cette force. Il le faut absolument. Mais ces médicaments sont si forts! Je n'ai pas les idées claires.

Je m'efforce de convoquer de belles images pour peupler mes pensées : les baleines grises de la côte, jaillissant de la mer si bleue, et, pourquoi pas, les photographies des formations de tempêtes, où on est frappé par l'infinie puissance des forces régnant sur les eaux, par le lien complexe reliant l'air et les océans.

Si elle ne règne pas dans notre maison, ni dans cet hôpital sinistre, la beauté existe. Je le sais, moi qui l'ai si souvent côtoyée.

JEWEL FAIRHOPE
Sylvan Highlands, 17 mars 1980

Une copine de Maman, qui s'appelle Faith, nous a emmenées au Oakland Amusement Park. C'est un endroit... Je ne pourrais même pas dire comment c'est superbien. On dirait un rêve, ou encore mieux. On a eu des Jelly Belly, et après Faith nous a prises par la main pour voir les biquettes. Il y a une toute minuscule biquette qui voulait vraiment manger les Jelly Belly d'Esther, et ma petite sœur a fini par se fâcher. Elle lui a dit :

– De toute façon, les biquettes, ça ne mange pas ça.

– Ah bon ? Qu'est-ce que ça mange, alors ? a demandé Faith.

Esther a répondu :

– Du jambon et des patates douces !

On a vraiment bien rigolé, surtout qu'après il y a eu le Rock-O-Plane, trop génial comme attraction. Et encore après la vraie locomotive à vapeur, mieux qu'un manège, dont Esther a pu faire marcher la sirène. Mais à un moment il y a eu un monsieur qui a voulu nous aider à descendre de la locomotive, et il a fait un geste brusque. J'ai cru qu'il voulait me taper, j'ai mis la main devant ma figure, et le monsieur a reculé avec une grimace très étonnée. Même Faith m'a regardée d'un air bizarre. J'ai cru que j'avais fait quelque chose de mal et j'ai commencé à être effrayée – j'ai presque pleuré –, mais Faith m'a souri, du coup ça voulait dire qu'elle m'aimait bien.

Maintenant on est à la chasse aux fantômes,

avec des marteaux. Esther rit tellement qu'on dirait qu'elle est maboule. Mon petit gâteau au chocolat. Personne ne la tape, elle. Je suis contente de ça.

GRACE FAIRHOPE
Mockingbird, 25 avril 1980

Adrian vient de revenir de traumatologie. Ses deux bras sont plâtrés, de l'avant-bras jusque sous l'épaule, afin d'immobiliser les coudes. Le garçon-cheval ne se plaint pas. Il n'a même pas l'air triste. Il y a chez lui une sorte de grand courage qui n'est pas seulement le fait de son trouble mental. C'est un guerrier.

Ibrahim – yeux de fille et casque de moto – l'a accueilli avec un évanouissement spectaculaire.

Pour le garçon-cheval, le simple fait d'enfiler ou de retirer son blouson est un défi qui serait insupportable à beaucoup, mais on l'aide, et il se débrouille avec un stoïcisme de prince.

– Comment tu fais quand tu dois faire caca ? s'enquiert une jeune patiente.

– Ça prend du temps, répond Adrian. C'est sûr que ça prend beaucoup de temps, et qu'il vaut mieux être souple.

À table, pendant les repas, il tend le cou comme une tortue pour atteindre la cuiller qu'il s'est fichée dans une main. Sa patience est infinie. On pourrait imaginer que sa mésaventure l'a calmé; il n'en est rien. Au lendemain de son retour de traumatologie, depuis ma chambre je l'entends hennir. Quand je sors dans le couloir, il passe en trombe à côté de moi, se servant de ses plâtres comme d'instables balanciers, courant comme un dératé.

– Salut, Grace! braille-t-il au passage.

Je n'ai pas eu le temps de répondre qu'il est déjà à l'autre bout du couloir, criant à qui veut l'entendre:

– Je vais aussi vite qu'avant! Ça ne me ralentit même pas!

Rien ne pourra éteindre l'énergie du garçon-cheval.

Pendant le dîner, Nadia avale une fourchette. Je suis assise à une table de distance, mais en face d'elle, lorsque je la vois faire. Tête renversée, à la manière d'un avaleur de sabre de fête foraine, elle ingurgite le couvert. Son voisin s'en est rendu compte, il commence à crier; bientôt tout le réfectoire hurle. Leroy tousse si fort qu'on jurerait que sa plèvre va se décoller, qu'il va périr là, devant sa purée et son bacon.

Deux infirmiers, deux aides-soignantes et la personne qui réchauffe les repas sont à peine suffisants pour emmener Nadia qui ne se laisse pas faire. C'est une guerre dans la salle de repas. Les malades, excités par la violence, se frappent entre eux.

– Laissez-moi, salauds ! Je vais vous tuer ! crie la grosse femme, d'une voix éraillée.

On réussit enfin à la sortir du réfectoire. Ses pieds nus, si sales qu'on pourrait les croire trempés dans de l'encre, s'agitent. Puis les cris s'atténuent, à mesure qu'elle est entraînée dans le couloir.

Pendant ce temps, le reste du personnel soignant disponible est parvenu à calmer – non sans mal – les autres malades.

Mon cœur s'agite en des battements désordonnés. Qu'est-ce que je fais là ? Oh, je vais bientôt quitter cet enfer. Jamais, jamais, je ne retournerai dans un hôpital psychiatrique.

1988

JEWEL FAIRHOPE
Sylvan Highlands, 5 mai 1988

J'attendais le bus, seule sous l'abri, quand une voiture a pilé à côté de moi, contre le trottoir. J'ai eu un mouvement de recul avant de comprendre que c'était la Cadillac de mon père.

Il s'est penché pour ouvrir la fenêtre côté passager. Je ne voyais que le bas de son visage quand il m'a dit :

– Qu'est-ce que c'est que cette gueule ? Je t'ai vue traverser l'avenue. Non mais, qu'est-ce que c'est que cette gueule que tu fais ?

Je suis restée à le regarder. Il a continué :

– Tu es sinistre ! Une chrétienne, ça doit être gaie, tu m'as compris ? Gaie ! Que je ne te voie plus faire cette gueule en public.

Il a remonté sa vitre, puis il a démarré dans un crissement de pneus.

J'ai posé par terre mon sac de toile. Il faisait assez doux. Dans l'arbre au-dessus de l'Abribus, des oiseaux chantaient en trille.

Maintenant, je suis en route vers le bahut. Quel dommage qu'Esther ne soit pas encore au lycée. Les trajets seraient plus drôles avec elle. Je crois bien que personne sur cette planète n'est aussi comique que ma sœur. Hier, elle est rentrée de son collège les cheveux ébouriffés, la chemise sortie de son pantalon bleu marine dégoûtant de poussière – que mon père lui avait ordonné de ne pas salir –, et elle m'a dit, réjouie :

– Mike a essayé de me draguer ! Le pauvre gars ! Ma vieille, je lui ai fait faire trois tours dans son slip, je te le dis.

Je lui ai répondu que ce Mike était vraiment beau – il est vraiment, vraiment beau – , mais Esther a haussé les épaules.

– Peut-être... mais ça fait du bien de mater les matous.

Par la fenêtre du bus, je regarde les gens qui vivent. Ils ne sont pas plus gais que moi. Encore des mauvais chrétiens ?

Souvent, j'ai l'impression qu'à quinze ans je sais tout ce qu'il y a à savoir du monde. Qu'il est dur, et

laid, que rien n'y finit très bien, mais qu'il faut se
battre tout de même, surtout si l'on aime quelqu'un.

GRACE FAIRHOPE
Mockingbird, 7 mai 1988

– Grace ! Comment ça va ?

– Eh bien, vous voyez, je suis là... Encore.

Dalenda travaille toujours à Mockingbird. Les
médecins aussi sont les mêmes, mais à part la
gentille rousse, les infirmiers sont tous partis, à la
retraite ou pour d'autres postes.

– On va vous peser, prendre les constantes, et faire
une prise de sang. Vous connaissez. Ça fait combien
de fois que vous venez ? Six, sept fois, c'est ça ?

– Neuf.

– Ah, quand même, déjà neuf... Et, dites-moi,
Grace, avez-vous déjà été hospitalisée ailleurs ?

– C'est dans mon dossier médical. Euh, euh... dix ?
Non, onze fois ? Je ne sais plus. J'ai aussi séjourné
dans deux cliniques différentes.

– Montez sur la balance.... Ne bougez plus...
Soixante-dix-huit. Dites, Grace, c'est un peu beaucoup, non ?

Je ne veux pas répondre. Autrefois, je battais à
la natation des hommes entraînés. Autrefois, j'étais

une championne de course à pied. Je m'occupais de mes filles et de ma maison, je faisais la cuisine, et je donnais des cours d'océanographie reconnus de tous.

Maintenant, je ne fais plus rien que manger ce qui passe à ma portée, pour m'étourdir. Tout m'est bon, des *cupcakes* au *hot brown*, en passant par le chocolat ou le cheddar. Tout.

Et puis il y a l'alcool, que j'ingurgite comme on se noie. Quand on a été humilié suffisamment longtemps, on finit par se faire du mal à soi-même, comme si en définitive on avait été convaincu qu'on ne vaut pas grand-chose.

Je fuis les miroirs.

– J'ai un diabète de type deux, dis-je à Dalenda.

De toute façon, les analyses que je suis en train de faire le révéleront.

– C'est le surpoids. On vous soigne ?

Oui, je prends des médicaments pour ça aussi. J'en avale tant, des cachets, des pilules, des liquides. Ils n'ont plus de secrets pour moi. Jour après jour, année après année, on les a tous essayés.

Je sais qu'ils ne servent à rien, parce que c'est William qui me tue, et qu'aucun médicament n'y peut quoi que ce soit. Mais je n'arrive pas à le dire. Je crains que désormais il soit trop tard pour parler. Quand je pouvais encore le faire, je me taisais parce que j'avais honte de ce qui m'était infligé ; aujourd'hui s'est ajoutée l'indignité du long silence durant lequel je n'ai même pas su protéger mes filles. Je reste muette parce que j'ai été muette. C'est un terrible cercle vicieux.

Plus le temps passe, plus je suis horrifiée à l'idée de raconter ce qui a été commis sous mon toit. Comment pourrais-je expliquer à qui que ce soit le fait d'avoir partagé la vie d'une brute raciste, lâche et sadique, d'un homme laid jusqu'au fond de son être malgré le vernis du notaire en costume trois pièces et à la langue précieuse ? Pourvu au moins que personne, jamais, ne puisse penser que j'ai partagé les idées de William. J'aurais dû suivre Sacha au kibboutz. Ou, au minimum, après mon mauvais mariage et une fois que mes yeux auraient été dessillés, j'aurais dû prendre ma Jewel et mon Esther sous mon aile, et aller porter plainte auprès de la police. Mais je n'y suis pas arrivée.

Les gens s'imaginent qu'il suffit de décider qu'on part. Comment leur décrire la terreur éprouvée à l'idée qu'en s'en allant on va déclencher des foudres pires que celles qu'on subit déjà ? William sait ce qui se passe en moi. Tyran régnant sur son univers de boue, il joue de cet abominable pouvoir. Il m'a dit que si je partais il serait facile de me retirer la garde de mes filles, parce que je ne suis qu'une pauvre folle passant son temps dans les hôpitaux psychiatriques. Il m'a dit qu'on ne me croirait pas.

Il a sans doute raison.

Maintenant que j'ai cette allure, que je tremble sans cesse, qu'à l'intérieur de moi soufflent les bourrasques de la maladie, qui m'écoutera ? Qui me confiera mes enfants ? Lorsque je suis à la maison, William, le soir, après qu'il est rentré de son étude, m'insulte parce que je n'ai pas fait la cuisine, ou que je l'ai mal faite à son goût. Vautré dans le canapé, un verre de whisky à la main, un cigare planté entre les lèvres, il recherche à la télévision des films lamentables, des émissions vulgaires, comme s'il se nourrissait de saleté. Je me rappelle mon père, qui me disait, quand je lisais des livres qu'il trouvait trop faciles :

– Affûte ton esprit, Grace. Prends des ouvrages que tu as du mal à lire ! Lève la tête vers les choses difficiles !

Quand je veux aller me coucher pour échapper à ces émissions qui rabaissent, William m'insulte encore, et me menace ; je dois regarder avec lui. Je voulais tant, toute ma vie, élever mon esprit, comme on me l'avait enseigné. Mais j'ai du mal à lire, désormais.

Je pense à tout cela, et je fixe la large vitre blindée, tandis que Dalenda remplit de la paperasse après avoir achevé les examens. Je lui ai demandé une minute de paix supplémentaire dans le bocal, loin des malades qui sont assis dehors, ou font leur ronde. Mais bientôt, que je le veuille ou non, je serai relâchée parmi eux.

JEWEL FAIRHOPE
Lincoln High School, 11 mai 1988

Je m'ennuie en cours. Par la fenêtre en contrebas, je vois des élèves de mon âge qui font de la gymnastique. Il y en a un qui marche sur ses lacets défaits, et trébuche. Shauna, la *cheerleader* de sa classe, le montre du doigt. Même de loin, j'entends son rire.

Je laisse mon esprit divaguer.

Une nuit, quand j'avais neuf ans, j'ai été réveillée par des bruits sourds. Des chocs. Je suis sortie de mon lit et je suis allée en bas de l'escalier qui mène à la chambre de mes parents. C'était de là-haut que provenaient les chocs. Tout à coup j'ai senti la main d'Esther qui frôlait la mienne.

– Qu'est-ce qui se passe ? m'a demandé ma petite sœur.

Je ne le savais pas. Quelque chose de très néfaste, aucun doute là-dessus, car même Esther avait été sortie du lit par ces mauvaises ondes. Nous sommes restées là, en bas de l'escalier, à entendre les chocs qui résonnaient dans toute la maison. Ça s'est arrêté, ou bien étions-nous simplement trop fatiguées : nous sommes allées dormir. Esther est tout de même venue dans mon lit, tant elle était inquiète.

Le lendemain matin, j'ai entendu mon père qui parlait à June, la femme de ménage. Il lui racontait une chose étrange, celle-ci, exactement :

– Jewel a fait un caprice. Elle a jeté ses rollers au visage de sa mère.

J'ai cru que j'avais mal compris. Je me suis levée, et je suis sortie de la chambre. Ma mère descendait justement l'escalier, et j'ai vu sa figure bleue sur tout le côté gauche, avec une énorme bosse sur la pommette. J'ai su tout à coup ce qu'étaient les chocs que ma sœur et moi avions entendus pendant des heures : la tête de ma mère rebondissant contre les murs.

Je ne suis pas gaie comme une chrétienne ? Qu'il aille donc voir son diable.

La semaine dernière, mon père est parti pour l'Angleterre, assister à un congrès international de notariat. Esther, elle, était invitée chez une copine pour deux jours. J'étais heureuse d'être seule avec ma mère, ça n'arrivait jamais. Nous allions pouvoir parler entre filles – entre femmes. Ma mère est si secrète. Jamais elle ne discute des choses intimes, ou alors, c'est très rare. Un jour elle m'a dit :

– Ton grand-père t'aurait beaucoup aimée.

– Ton père, tu veux dire ? Quand je le vois sur les photos, il n'a pas l'air commode.

– Il appréciait beaucoup les gens courageux.

Je me suis sentie rougir. C'est qu'entre mon père qui me traitait constamment de gueule de Judas ou de petite saloperie et ma mère qui ne disait rien, je n'étais pas habituée aux compliments.

– Comment tu sais que je suis courageuse ? ai-je demandé.

– Je le vois.

– Pourquoi exactement est-ce que les Allemands ont arrêté Grand-père et Grand-mère quand ils étaient en France ?

– Ils ont été dénoncés par un collègue de mon père, pour activités socialistes.

– Maman... avec des parents qui ont failli mourir dans les camps, comment peux-tu le laisser dire tout le temps que tu es de la sous-humanité ? On dirait des mots de nazi.

Ma mère m'a fixée de ses yeux rougis, rendus secs par les médicaments. Je voyais qu'elle voulait absolument me dire quelque chose, que c'était très important, mais qu'elle avait du mal à le formuler.

– Jewel... quand je l'ai rencontré, il ne prononçait

jamais ce genre de phrase. Il ne s'est révélé qu'après le mariage.

Elle n'a rien pu ajouter.

Dans la nuit, je suis sortie du sommeil d'un coup, comme si une sonnerie avait retenti. Me rappelant que mon père n'était pas là, je suis allée voir ma mère. J'ai cru qu'elle dormait, jusqu'à ce que je me cogne à une bouteille de bourbon vide, au pied du lit. J'ai allumé la lampe de chevet. Il y avait également un tas de boîtes de médicaments, éparses sur la couverture. Ma mère avait la bouche ouverte, j'ai cru qu'elle était morte et j'ai poussé un cri. Elle a un peu bougé, en grognant. Je tremblais tellement que je n'arrivais pas à tenir le téléphone pour appeler le 911. Quand je les ai enfin eus, on m'a dit :

– Il faut l'empêcher de s'endormir trop profondément. Vous êtes seule, mademoiselle ?

– Oui.

– Une ambulance va arriver très vite. En attendant, giflez-la, pincez-la. Faites-la réagir.

J'ai accompli ce qu'on me demandait. J'ai pincé et giflé ma mère, je lui ai hurlé dans les oreilles que je lui interdisais de mourir.

Et puis on a sonné à la porte ; c'étaient le médecin et les infirmiers. Après que je leur ai ouvert, ils se sont précipités dans l'escalier que, muette de peur, je leur désignais. Un brancardier s'est arrêté une seconde pour me passer la main dans les cheveux, mais je me suis dégagée ; je ne voulais pas de son regard de pitié.

Ils l'ont sauvée, une nouvelle fois. J'étais bien incapable de savoir à combien de tentatives de suicide elle en était.

Comme autrement je serais restée seule à la maison, ils m'ont demandé de les accompagner aux urgences. Je suis restée assise dans la salle d'attente pendant qu'on lavait l'estomac de ma mère. De ma chaise, je surveillais l'horloge murale qui marquait : Deux heures… Deux heures une… Deux heures deux.

Parmi ceux qui attendaient avec moi dans cette salle un proche en train de se faire soigner, un homme au visage creusé par le désespoir m'a proposé un chewing-gum. Je lui en ai pris un. J'ai pensé que ça lui ferait plaisir.

GRACE FAIRHOPE
Mockingbird, 20 mai 1988

À mesure que passent les années, on dirait que les malades sont plus violents. Peut-être est-ce juste que je supporte moins encore cette violence qu'autrefois. Tout de même, un soir, j'ai demandé au Dr Marion :

– Pourquoi est-ce que vous mélangez les psycho-
tiques avec les dépressifs et les mélancoliques? C'est
presque un appel aux agressions.

Il s'est penché par-dessus son bureau avec un sourire gourmand, et il a répondu:

– Mais... c'est que c'est très stimulant! C'est
l'école de la vie!

Parfois je me demande si, en psychiatrie, le personnel soignant n'est pas aussi perturbé que ceux
dont il a la charge.

Le plus souvent, je reste dans ma chambre. Il arrive
qu'on vienne me chercher pour une séance d'ergo-
thérapie – de l'art! – pendant laquelle je suis censée
modeler des blocs de plasticine, ou encore peindre des
tableaux. Je trouve cela humiliant parce que je suis
absolument inapte à ces travaux, et que j'ai toujours
détesté mal faire les choses; mais comme je m'étiole
d'inaction lorsque je ne suis pas assez assommée
par les médicaments, je m'exécute. La chaleur sèche
de l'hôpital rend mes mains calleuses au moindre
contact. Je m'acharne sur la pâte à modeler, essayant
de ne pas produire une masse informe et ridicule.
L'ergothérapeute nous considère avec ce qui voudrait
être une bonhomie joviale, mais je devine, cachée au
fond de ses yeux, la peur des fous.

JEWEL FAIRHOPE

JB Boxing, 28 mai 1988

– Tu le donnes le cross! Tu bouges pas la tête!

– Joe, pourquoi tu mets des «le» partout?

– Qu'est-ce que tu le dis?

– Tu vois? Tu vois?

– Tu te fous de moi?

– Non, c'est juste que tu fais un peu pitié avec tes «le»...

– Pitié?

Joe Bluebird laisse tomber les pattes d'ours le long de ses cuisses. Il renifle comme un grizzly. J'en profite pour racler la sueur sur mon front avec le bord de mon gant. Mes yeux brûlent comme si on y avait versé du jus de citron.

– Déjà, dit Joe, tu devrais même pas parler pendant la leçon. Et en plus, tu respires mal. Si tu boxes en apnée, tu perds la...

– La force, oui, oui! Mais c'est toi qui m'as ordonné de respirer par le nez, qu'autrement si j'ouvre la bouche je me fais casser la mâchoire. Moi j'y arrive pas, à respirer par le nez. J'y arrive pas!

– Alors tu arrêtes la boxe et tu fais du golf.

– Retourne dans ton Sud pourri.

– Oh, c'est une mauvaise idée, d'avoir dit ça!

Tu fais deux rounds de leçon en plus, ou je te fous dehors. Lève les gants !

Joe Bluebird est né à Louisville, Kentucky. C'est là qu'a vu le jour le grand Ali, alors il ne faut peut-être pas aller chercher trop loin la raison pour laquelle Joe est devenu boxeur. Il a combattu contre Roberto Manos de Piedra Durán, et il a tenu les douze rounds. Il n'a pas été balayé par ce monstre. Auparavant il avait remporté les Golden Gloves. C'était un grand espoir. Mais, à cause d'une dette qu'il avait contractée pour payer une nouvelle aile à la maison familiale, et qu'il n'a pas pu rembourser à temps, on lui a cassé le genou avec un marteau. Quand on voit Joe, on ne peut pas imaginer qu'il soit vaincu, qu'il soit blessé. Mais lui dit que le meilleur boxeur du monde est impuissant face à cinq ou six types armés et vicieux ; il connaît la rue, et je ne viendrai pas le contredire. Il parle beaucoup mais pas souvent de lui, et je crois que l'histoire du marteau, j'ai été une des seules à l'entendre.

Entre lui et moi... Entre lui et moi, ça s'est passé bizarrement. J'avais accompagné Melvin, un copain, à la salle du JB Boxing où il prenait des cours de boxe. J'étais curieuse.

Melvin m'expliquait comment il allait devenir un champion. En fait, il est venu trois ou quatre fois, puis il s'est découragé; un grand classique. Joe dit que si les clients respectaient toutes les promesses qu'ils se sont faites à eux-mêmes, les salles seraient pleines. Il dit que l'ironie, c'est que lui gagne de l'argent avec ceux qui ont payé mais ne viennent plus. Il n'aime pas ça, parce que c'est spéculer sur la faiblesse morale des clients, et Joe n'aime pas les échecs, même ceux des autres.

Melvin est allé retrouver la glande devant la télé, mais moi, j'y suis retournée, au JB Boxing. Cette salle pue la transpiration. Une odeur vraiment forte, qui prend à la gorge et fait plisser les narines. Il n'y a pas une seule fille là-dedans. Mais c'est le royaume de Joe. Ce sont ses règles qui prévalent.

Joe Bluebird a une allure très particulière. Sa cage thoracique est énorme, ses épaules ridiculement larges, mais son tour de taille est celui d'un enfant. On dirait que son torse est un triangle posé sur la pointe. Depuis sa carrière avortée, il a fait beaucoup de musculation, et c'est devenu un poids lourd véritable, une masse de muscles et de tendons. À trente-quatre ans il n'a pas une once de graisse, et il jure que ce sera pareil à soixante ans. Il dit qu'il ne comprend pas pourquoi certains deviennent mous après avoir arrêté la compétition. Il m'explique que la boxe est un mode de vie, une attitude.

«La tête bien droite, Jewel...»

Sa peau est marron, et ses cheveux décrêpés sont plaqués sur son crâne par le gel. Malgré les innombrables combats, son nez est droit et son visage reste peu marqué. Il faut regarder de très près pour distinguer les cicatrices laissées par les petites coupures. Ses yeux sont noirs. Noirs d'encre.

Inquiétants, même pour moi.

Je me rappellerai toujours mon arrivée à la salle. Joe donnait la leçon comme à son habitude, face à un welter ultrarapide, un de ces types dont on ne voit pas les coups : on constate leur résultat. Joe devait peser trente kilos de plus que lui, mais il le devançait à la patte d'ours, et moi qui n'y connaissais rien, j'ai tout de même vu l'expertise – comme lorsqu'on observe un musicien virtuose en train de jouer.

À un moment, Joe a tourné la tête dans notre direction, et nous nous sommes regardés.

Ces choses-là sont presque impossibles à transcrire.

Tous autant que nous sommes – je n'ai que quinze ans mais je suis certaine de ce que je raconte –, tous, je l'affirme, nous avons un trou dans le cœur. Une place où manque un je-ne-sais-quoi, que nous voudrions tant définir. Peut-être que cela vient de la naissance. Peut-être que c'est déjà présent à l'esprit du fœtus nageant dans la mer intérieure. Comme la malédiction d'une perte qui nous poursuivra et nous fera commettre beaucoup d'erreurs. Je vois déjà autour de moi, au lycée, partout, des filles aux vies pourtant beaucoup plus faciles que la mienne, plus aimées, qui font des bêtises à cause de cela. Elles se collent des couches de fard à paupières assez épaisses pour repeindre un volet, elles portent des vêtements qui ne leur vont pas mais qui attirent l'œil, elles gloussent et se jettent au cou des garçons sans même prendre garde à la manière dont ils réagissent. Tout ce qu'elles désirent, c'est qu'on fasse attention à elles ; on dirait que la nature de cette attention leur importe peu.

Moi, je ne fais pas ça.

Pourtant, bien entendu, le vide est plus présent chez des gens qui ont, comme moi, tant manqué de chaleur. Le trou dans le cœur est gigantesque. Je dois être encore plus prudente.

Quand Joe et moi avons échangé notre premier regard, c'est cette part de moi qui a été touchée. Comme si on posait un frais pansement sur ma plaie. Oui. C'est la vérité.

– Tu enlèves ces bandes et tu les laves, dit Joe. Et tu aères ces gants qui puent le chat crevé.

– On dit : « S'il vous plaît » !

– Aujourd'hui, toi, tu as besoin d'une bonne baffe.

– Ouh! Ouuuh! J'ai peur! Au secours!

– Heureusement que je n'ai pas une fille dans ton genre.

– Heureusement qu'il n'y a aucune femme pour t'en faire une.

Depuis le tout début, je ne sais pas pourquoi, c'est notre manière de communiquer. Je sens que je vais loin, que parfois je lui fais mal. Joe est venu à Portland avec l'Oregonaise qu'il avait épousée, mais elle l'a presque aussitôt quitté. Il est resté ici malgré la pluie qu'il déteste, il a passé son diplôme fédéral, puis ouvert sa salle en prenant un crédit sur vingt ans. Il devait être tout à fait fauché, parce que ce club est une sorte de cube de béton aux lucarnes minuscules donnant sur une petite rue. Il y fait froid en hiver, et en été on y cuit. L'isolation, qu'elle soit phonique ou thermique, est inexistante. Quand on arrive à pied, on entend, depuis l'extérieur, et bien trente mètres avant d'avoir atteint la porte du JB Boxing, les gars qui frappent dans le sac, le claquement des cordes à sauter, le couinement des pivots sur le lino, et même les *esh esh esh* des types au *sparring*.

Maintenant, Joe est à Portland pour de bon. Je ne sais pas pourquoi il n'est pas retourné à Louisville. Cet homme a aussi ses secrets.

Sa manière d'être attire les femmes. On lui

tourne autour. C'est gênant. Les copines des boxeurs viennent le draguer sous le nez de leur mec et lui essaie de ne pas se montrer trop froid, mais il n'aime pas ça. Il me supporte parce que moi, évidemment, ce n'est pas de cette façon que je le considère. Je ne veux pas de garçons. Je ne veux pas un copain. Je ne veux surtout pas de sexe. Si un gars me touche une fesse, je le déglingue.

Avec Joe c'est différent. Je sais que lui me voit un peu comme sa fille, même si pour moi ce n'est pas un père. Pas un frère. Pas un ami non plus. C'est Joe Bluebird. Nos peines se sont trouvées.

Il me raconte :

– Après que ma femme est partie, j'ai décidé de visiter l'Europe. Avec la carte Pass, tu sais, la carte qu'ils ont là-bas pour se déplacer partout pas cher. J'ai été dans des tas d'endroits, même les communistes. Ces gens, ils ne voyaient jamais un Noir, imagine-le. C'était intéressant. Un village en Pologne, je vais dans un bar, et tous les mecs me regardent comme si j'étais un vampire, que j'avais bouffé leurs gosses et que je m'apprêtais à brûler leur maison. Tout le bar se lève d'un coup pour me casser la gueule. Moi, je leur dis, les gars, je fais pas de problèmes, laissez-moi boire une bière tranquille, mais évidemment je ne parle pas polonais et ils n'ont pas l'air de comprendre l'anglais. Être noir pour eux c'était déjà une insulte! Je suis sorti du bar en reculant et j'ai couru. Je croyais qu'ils allaient laisser tomber, mais non, ils couraient aussi. Je m'arrêtais, eux ils me fonçaient dessus, alors je recourais, et en plus j'avais un gros sac à dos. Presque une heure, j'ai cavalé, avant de les semer. J'avais la forme, encore heureux, ils m'auraient cloué à la porte d'une grange comme une chauve-souris. Mais autrement, la plupart des Polonais, très gentils.

Voilà le portrait de Joe: au lieu de revenir de là-bas alourdi de rancœur et de dégoût, il a aimé les autres. Il n'oublie pas le mauvais, il le relativise. Il le tient à distance, comme il l'a fait avec la meute de ces ivrognes racistes, pour ne pas le laisser prendre les commandes.

– Le racisme, dit-il, ça vient de plusieurs choses. Tu peux croire que j'ai réfléchi beaucoup là-dessus. J'avais des amis au Kentucky, ils détestaient les Blancs juste parce que c'étaient des Blancs. Mauvais, non? Mauvais. Il vient d'où, le racisme? De la bêtise je crois, pour beaucoup, de l'ignorance aussi, et là on peut parfois arranger en expliquant. Et puis de la haine, mais là ce n'est pas pareil, c'est le plus féroce. Il y en a qui ont cette haine en eux, très forte, hein, Jewel. Dans le sang. Ils cherchent prétexte à détester. Le vrai raciste, c'est quelqu'un qui se découvre une bonne raison pour sa haine au lieu d'essayer de la faire partir: la différence. Le raciste, il a le cœur qui pourrit. Il se coupe de la respiration du monde, des échanges. Il se gangrène parce que son sang ne circule pas.

Je n'ai pas encore parlé de mon père à Joe. À vrai dire, malgré mes quinze ans, la seule personne avec laquelle je discute de mes parents, c'est Esther. Quant au racisme que je vis chez moi, il m'est difficile de m'en ouvrir à Joe. Un jour, qui sait, je m'efforcerai de lui expliquer des événements étranges: à partir de l'âge de huit, neuf ans, j'ai commencé à ressentir un grand malaise lorsque mon père entamait sa ronde des nègres, des niaquoués, des youpins et des bougnoules. Je savais, oui, je savais que mon père disait des choses abominables.

Je comprenais que c'était mal, sans que personne, à l'époque, m'en ait jamais rien dit.

Ma mère était tout le temps à l'hôpital, et si par miracle elle se trouvait chez nous, elle était bien incapable de tenir tête à mon père. Une fois, une seule je crois, elle s'est efforcée de défendre le droit à la contraception, de nous expliquer à nous, ses filles, qu'une femme a le droit de disposer de son corps, qu'elle n'est pas une poule pondeuse. Mais mon père, au nom d'idéaux moraux et religieux, lui a tellement hurlé dessus qu'elle s'est recroquevillée comme une feuille morte. Je pense qu'elle a toujours évité le sujet du racisme parce qu'elle a trop peur de ce que son mari pourrait lui faire.

À l'école, quand j'étais petite, on n'en parlait pas non plus, du racisme. Sur ce sujet, je n'entendais donc que mon père, et il aurait dû finir par me convaincre. C'est l'exact inverse qui s'est produit. Je crois que, si on est l'enfant d'un raciste, il n'y a guère de juste milieu. Soit on épouse ses idées, soit on les rejette avec une grande violence. Je découvre, ces temps-ci, que mon père m'a involontairement aidée. Personne au monde ne pourrait avoir envie de lui ressembler. S'il avait fait preuve de quelque courage physique ou moral, s'il s'était montré doux et aimable avec ma sœur et ma mère, comment aurais-je accueilli son discours ? J'imagine qu'il m'a fait gagner du temps, qu'il a accompli une sorte de démonstration par l'absurde en nous frappant, ma mère et moi, en nous hurlant des injures, et que c'est ainsi qu'il m'a convaincue de la nocivité de son racisme, mais je ne suis pas certaine de cela. Il me semble que, même s'il avait été moins brutal avec nous, personne ne peut héberger en soi une telle haine pour des gens qui diffèrent par la couleur de peau ou la religion, et en même temps aimer ses proches sans que l'ombre de cette haine plane sur eux. Quand on est raciste, Joe a raison, on a le cœur pourrissant. Avec tout le monde.

GRACE FAIRHOPE
Mockingbird, 3 juin 1988

– Grace !

Je me retourne. C'est Adrian, le garçon-cheval.
Je l'ai déjà retrouvé deux fois lors de mes précé-
dentes hospitalisations. On recroise les gens. La
plupart du temps, les mois et les années leur ont
été défavorables. C'est qu'on ne vieillit pas bien, en
psychiatrie.

Adrian s'est rapproché. Il plonge en moi son
regard attristant. L'expression de ses yeux est très
douce, presque implorante, mais tout au fond,
caché derrière l'iris, brûle la veilleuse de sa démence
explosive.

– Tu vas bien ? demande-t-il avec une candeur
sincère.

– Oui, Adrian. Enfin, tu vois...

– Tu as grossi.

Je sais qu'il ne cherche pas à blesser, et c'est d'autant plus douloureux.

– Toi, Adrian, tu ne changes pas.

Il s'enflamme tout à coup.

– Non, hein ? Ha ! Ha ! Regarde !

Je sais ce qu'il va faire ; je m'éloigne un peu. Il
frappe le sol du plat de la semelle. Je distingue l'onde

de choc qui se propage dans son corps, jusqu'aux cheveux.

– Je galope! Ha! Ha! Ha!

Le voilà qui s'enfuit dans le couloir en hennissant de plaisir.

Quand je suis à la maison, que les coups et les insultes pleuvent, je voudrais être à l'hôpital. Mais quand je me retrouve enfermée, je me sens lentement mourir.

Est-ce qu'il n'y aurait pas un autre endroit? Un havre quelque part sur terre, pour que je respire? Jewel, Esther, mes amours, votre mère vous abandonne. Je me rappelle William frappant Jewel comme plâtre quand elle avait cinq ans, juste parce qu'elle ne s'était pas mise au premier rang dans sa petite classe. Cinq ans! Pourquoi est-ce que je ne l'ai pas emmenée immédiatement au commissariat? Pourquoi n'ai-je rien fait? Je l'ai dit à ma fille quand elle a eu dix ans:

– J'aurais dû te protéger.

Elle m'a fixée sans répondre. J'essayais juste de m'excuser. Je voulais lui demander pardon.

Il y a deux jours, avant ma nouvelle hospitalisation, j'ai emmené mes chéries faire du shopping. À quinze et treize ans, elles sont belles comme des cœurs. Je les ai ensevelies sous les jolis vêtements, mais elles sont si ravissantes qu'elles n'ont pas besoin de ça. Ce n'est pas mon orgueil de mère : on pourrait leur tailler des robes dans des rideaux qu'elles seraient encore magnifiques. Jewel a un côté garçonne. Ma petite Esther est plus féminine, plus gracile, aussi.

C'est décidé. Quand je sortirai de l'hôpital, ce sera pour les emmener avec moi. Cette fois je le ferai. Je le jure. Je vais prendre mes enfants par la main et les mettre à l'abri. Oui ! Oui. Très bientôt.

Dans une des boutiques où j'ai acheté leurs vêtements, j'ai payé par chèque. Mais je tremblais tellement à cause des médicaments que ma signature était informe. J'ai dû déchirer deux chèques avant d'arriver à quelque chose de correct. Jewel dévisageait la vendeuse comme pour la mettre au défi de faire la moindre remarque. Esther était rouge de confusion. À cela aussi il va falloir mettre bon ordre ; il n'est plus question que je fasse honte à mes propres enfants. Mais pour l'instant je vais demander un cachet au bocal. Je me sens mal.

Un homme massif, aux cheveux blonds presque rasés, vêtu d'une parka noire, à la bedaine de buveur de bière, reste assis contre le bocal, toute la journée. On dit de lui que c'est un ancien militaire russe. Ses yeux sont d'un gris clair presque transparent. Lui n'a pas à se battre, au réfectoire, pour se ravitailler en muffins. Il fend la foule des malades comme un brise-glace la surface d'un fjord gelé. Son ventre le devance. Ses mains sont énormes, rouges, on dirait qu'il vient de les retirer d'une eau trop chaude. Il ne parle presque jamais. Son physique fait qu'on ne lui cherche pas noise, avantage précieux en ce lieu au climat incertain, où pour un regard on vous attaque. La plupart du temps, il demeure prostré sur sa chaise attitrée, dont le plastique ploie sous sa masse. Il a les avant-bras calés sur ses larges genoux carrés, il ne dit rien, ne regarde rien. C'est le troisième séjour que nous partageons. Le matin, il me fait un signe de tête. Le soir aussi, pour le coucher. Et c'est tout.

Aujourd'hui, l'homme aux cheveux de paille est au téléphone. Le rituel des appels veut que le personnel passe le combiné par une petite trappe, après avoir composé le numéro depuis l'intérieur du bocal, et on ne peut parler qu'ainsi, presque soudé à la paroi de verre par le court cordon en spirale. On s'exprime sous le nez, et à portée d'oreilles, des autres malades. Il n'y a pas d'intimité.

Le combiné presque entièrement caché par sa main monstrueuse, l'homme dit :

– Allô ! Ça va ? Ça va ? Je te demande. Non. Non... Non ! Pauvre débile !

Il jette le combiné dans le bocal à travers l'ouverture ; il se lève, et remet en place sa chaise contre le mur avec tant de violence qu'un des pieds métalliques se tord. La souffrance et la colère se lisent sur ce visage d'ordinaire impassible. À grandes enjambées, l'homme s'en va vers le jardin. Il ouvre la porte vitrée donnant sur l'extérieur, sort dans le soleil dont il s'abrite soudain, rentrant la tête comme un animal nocturne surpris par la clarté. Il arrache une cigarette de la poche de sa parka, l'allume, mais l'écrabouille aussitôt dans sa paume.

Il revient vers le bocal, se penche vers l'ouverture, et demande :

– Je pourrais encore téléphoner ?

On doit lui répondre par la négative, car maintenant il supplie :

– Juste un appel... Une minute.

Un silence, puis il répète :

– Oui, une minute, je vous promets...

Le personnel de l'hôpital aime bien les gens comme lui. Il ne pose pas de problèmes, et son attitude a tendance à calmer les excités. Alors, après l'avoir un peu humilié – mais l'humiliation n'est-elle pas le lot quotidien des malades, ici ? –, on lui redonne le combiné, et à voix basse il dicte le numéro. L'homme est trop nerveux pour s'asseoir. Il danse d'un pied sur l'autre ; il murmure :

– C'est toi ? Oui. Oui. Tu as raison. Oui. Je te demande pardon. Je suis désolé...

Plus bas encore, à peine un souffle :

– Oui, oui, moi aussi, ma chérie, je t'embrasse.

Et :

– Je t'aime. Moi aussi, je t'aime.

En d'autres lieux j'aurais eu des scrupules à écouter cela, comme l'ont fait d'ailleurs cinq ou six autres malades qui se tiennent autour du bocal. Mais c'est une scène de vie qui finit bien, un peu de souffrance en moins. Pour tout le monde en définitive, car ici la peine est commune.

– C'est beau, dit une vieille femme assise près de moi.

Elle porte une chemise de nuit en coton, à l'ancienne. Avec sa tresse autour du crâne, elle ressemble à ces femmes de colons du XIXe siècle. Elle est toujours calme, sauf le matin, très tôt, quand, de sa chambre, elle hurle des malédictions que personne ne comprend. Elle se prénomme Eleanor.

– C'est beau, l'amour, répète-t-elle, les yeux embués.

Quand je vais me coucher après le dîner, le colosse blond est déjà retourné sur son siège habituel. Et, lorsque je passe devant lui, au lieu de son signe de tête habituel, il me tend la main. Mes doigts se perdent dans les siens. Il sourit, ce qui donne à son visage austère une merveilleuse expression.

De quoi cet homme souffre-t-il? A-t-il sa place dans cet affreux endroit?

Cette question, je me la suis posée mille fois à mon propre sujet, et sans cesse elle revient, à chacun des malades que j'observe. L'hôpital psychiatrique est pathogène. Il fait naître les troubles mentaux autant qu'il prétend les guérir. Mon père disait, à propos des fréquentations néfastes, qu'on ne peut pas nager dans la boue et sentir la violette. Que penserait-il de cet hôpital? La folie est contagieuse, surtout quand on est affaibli par le stress et les médicaments. Je crois, à force d'observer les malades depuis maintenant tant d'années, que certains sont arrivés en ces lieux à peu près sains d'esprit, avec par exemple une grande fatigue morale, mais que l'hôpital psychiatrique les a brisés. Ces personnes fragiles sont devenues de plus en plus aliénées dans cet endroit où on était pourtant censé les guérir.

Comment pourrait-il en être autrement? Les patients sont abandonnés à une inaction absolue, posés sur des chaises comme des pantins, à dialoguer perpétuellement avec leurs démons.

Ils reçoivent de plein fouet la véritable folie de quelques-uns, dont ils ne sont pas protégés. Il faudrait au moins, pour bien faire, une armée d'infirmières comme Dalenda, gaies et prévenantes. Mais je ne connais qu'une Dalenda. Marion, les médecins, les infirmiers, les aides-soignants traitent les patients avec une sorte de froide suspicion. Il me semble qu'ils ne sont pas à leur place. Qu'ils devraient exercer un autre métier. Ici nous sommes si vulnérables, nous avons tant besoin de gentillesse. Nos esprits sont de cristal.

JEWEL FAIRHOPE
Sylvan Highlands, 21 juin 1988

Mon père nous refait le coup du rituel musical. Esther et moi devons aller dans son bureau, où il y a une chaîne hi-fi. Il nous oblige à écouter de l'opéra italien ; ça fait de très nombreuses années que ça dure. Chansons qu'il aime, musique en général, et même des sketchs de comiques qu'il apprécie, les Three Stooges, d'autres vieux trucs, nous devons les entendre avec lui, sans moufter, en prenant si possible un air inspiré.

– Les petits moments de famille, dit-il.

À mesure que passent les années, je me suis mise à les vomir, ces fameux petits moments, parce qu'ils sont l'illustration de la vision qu'entretient mon père à propos de sa femme et ses enfants : nous devons vibrer au même diapason que lui, sans cela nous méritons sa fureur. Pas une fois, aussi loin que remontent mes souvenirs, nous n'avons écouté une musique pour ma mère. Je crois que son mari ignore ce qu'elle aime. Ça lui est indifférent.

Mon père ne sait pas que je fais de la boxe chez Joe. C'est ma mère qui, entre deux hospitalisations, m'a donné l'argent et a signé l'autorisation pour la licence. Elle m'a recommandé de faire attention à ne pas me blesser, mais elle m'a laissée faire selon mon goût. Mon père affirme, lui, que le sport est une occupation d'imbécile. Dans l'interminable liste de ses mépris, on trouve aussi les sportifs... Il accepte l'idée qu'on pratique une discipline pour en retirer des médailles, mais le sport pour le sport, il n'y aurait, selon William Fairhope, que les crétins pour s'y adonner.

Ma mère, elle, vient d'une famille où ne pas prendre de l'exercice régulièrement – et vigoureusement – était considéré comme une faiblesse. Elle nous a toujours encouragées, Esther et moi, à nous entraîner avec sérieux. Mais seulement quand nous étions seules toutes les trois, afin de ne pas recevoir de nouvelles insultes.

Si mon père n'est pas au courant pour la boxe, son attitude a changé. Il me regarde avec méfiance et, depuis quelque temps, ne me frappe plus. C'est que j'ai osé prendre parti pour ma mère, plusieurs fois, avec des paroles violentes. Mon père dit que je suis la chienne de ma mère. Sa chienne de garde. C'est bien ce que je m'efforce d'être, une gardienne.

Si mon père frappe encore sa femme, ce n'est pas devant moi.

Quant à Esther, personne ne lèvera la main sur elle.

En entendant cet opéra italien, je me dis que c'est la dernière fois. Qu'il est temps que prennent fin ces séances interminables. Comme pour la messe. Esther et moi n'y allons plus.

Mon père a déjà arrêté, par paresse – la religion pour lui étant plus une affaire de milieu social que de foi, il a déserté l'église lorsqu'il a compris qu'elle se vidait de beaucoup de ses pairs sans qu'ils soient montrés du doigt comme indignes.

Ma petite sœur et moi croyons qu'il y a un dieu. Mais s'il était présent chaque dimanche, dans l'église, sa maison, pendant que notre père insultait sa femme et ses filles en pleine messe, que pensait-il, ce dieu?

Comme me l'a dit Esther:

– Je serais Dieu, je serais vachement en colère. Oh, oui! Vachement furieux.

Ma sœur et moi faisons tout pour rentrer le plus tard possible, après les cours. Selon nos horaires respectifs, je passe la prendre à son collège, ou elle vient à la sortie de mon lycée. Ensuite nous nous dirigeons, le plus souvent, vers le parc. L'atmosphère à la maison est si effrayante que l'extérieur nous semble magique. L'air y est plus pur, on ne s'attend pas à recevoir un coup ou une phrase haineuse. Le parc, c'est la liberté.

Esther et moi nous asseyons sur un banc, et regardons les enfants qui s'agitent dans le bac à sable. Les pères, les mères, et les nounous qui les couvent. Nous contemplons l'enfance que nous n'avons pas eue. Nous sommes nostalgiques de quelque chose qui nous a toujours été, et nous sera à jamais étranger: l'insouciance.

Un jour, une toute petite fille – presque un bébé – donnait des coups de pelle répétés à un garçon qui voulait apparemment l'embrasser; celui-ci ne se décourageait pas. Il tendait les bras, les lèvres, au risque de se faire assommer. Puis soudain la barrière avait cédé. La petite fille avait embrassé son prétendant, sur le menton. Esther et moi nous étions regardées. À notre âge, nous ne connaissions toujours pas cela. J'avais pris la main de ma sœur et nous étions restées là, sur le banc, à balancer nos jambes.

Nous allions sortir de ce cauchemar. Je ferais ce qu'il faudrait pour ça.

Un homme aux yeux globuleux était venu s'asseoir près de nous sur le banc. Il portait un de ces chapeaux autrichiens avec une longue plume de faisan passée dans le ruban. Il avait l'air sérieux à l'extrême, mais content de lui. Il tapotait la sacoche qu'il avait posée sur ses genoux. Il avait dit :

– C'est une bien belle journée que celle-ci.

Je lui avais coulé un regard en biais. Cela faisait longtemps que notre mère nous avait prévenues, au sujet des gentils messieurs dans les parcs. J'attendais avec impatience que ce type nous offre des bonbons pour lui coller mon sac bourré de livres dans les gencives. Je me tenais entre Esther et lui. C'était parfait, c'était stratégique.

L'emplumé avait bâillé, la main poliment collée aux lèvres, avant d'ajouter :

– Vous êtes chanceuses, mesdemoiselles. Il vous reste plus longtemps à vivre qu'à moi.

Je m'étais levée en pinçant ma sœur par la manche.

– Non! avait dit l'homme. Ne partez pas! Je vois bien que je vous dérange. C'est moi qui m'en vais.

Il avait déplié ses longues jambes minces, ajusté sa veste, puis retiré son chapeau avant de courber un peu la tête.

– Au revoir, mesdemoiselles.

Après nous avoir fait un sourire un peu triste, il était parti. Nous l'avions suivi du regard, cet échassier à plume sortant du parc, pour disparaître dans la rue. C'était un des maléfices de notre éducation : nous voyions partout des menaces, de la laideur, et, même involontairement, je blessais les gens.

Cette hargne était exclusivement destinée aux hommes et aux garçons. Je n'avais pas peur des femmes. Une autre fois, dans le métro, j'étais assise devant un adolescent de mon âge qui avait un magnifique visage de statue, aux lèvres épaisses, au nez si droit qu'on l'aurait cru dessiné à la règle. Je le détaillais discrètement, par-dessus un manuel de mathématiques que je faisais semblant de lire. Mais lorsque son regard avait croisé le mien, j'avais senti une haine violente monter en moi ; si violente que, quand j'étais descendue à mon arrêt, j'en suffoquais. J'avais eu honte de ma bizarrerie.

Le seul, en définitive, qui est à l'abri de tout cela, c'est Joe. Je peux plonger dans ses yeux aussi longtemps que j'en ai envie, j'y suis en eau calme. En sécurité.

GRACE FAIRHOPE
Mockingbird, 7 juillet 1988

J'ai enfin eu la force de prendre ma décision ! Je vais parler au psychologue de l'hôpital. Tout lui raconter. Les coups de William, ses viols, ses insultes. Tout ce que mon mari m'a fait subir depuis tellement d'années. Le danger physique et moral qu'il fait courir à mes filles. Je ne veux plus de cette vie pour nous. Je tiendrai, cette fois. Je vais déballer ce qui m'empoisonne le cœur. Et si je pense à flancher, alors il faudra que je me rappelle Esther et Jewel perdues devant ces abominations. Mon père et ma mère pourront enfin, là où ils sont, être fiers de moi.

JEWEL FAIRHOPE
Sylvan Highlands, 11 juillet 1988

Encore une chose anormale, que je retourne dans ma tête : pour Esther et moi, la perspective des vacances est une terreur. C'est que là, nous pouvons plus difficilement nous échapper. La fuite est même impossible. La dernière fois que nous sommes partis en famille, avec notre mère qui tenait à peine debout mais notre père en pleine forme, nous sommes allés en Italie, près du lac de Garde. M. William Fairhope y a livré une de ses meilleures prestations.

Au restaurant de l'hôtel, il répandait sur nous des flots de paroles venimeuses qui terrorisaient les serveurs. Ces hommes et ces femmes originaires de

Brescia, de Vérone, de Mantoue, qui plaisantaient entre eux avec une gaie nonchalance pendant leurs poses, se battaient visiblement pour ne pas venir à notre table. Mon père l'ignorait, ou bien il s'en moquait, car pour lui les domestiques ne sont que des domestiques. Je ressentais une sourde et épouvantable honte. Quant à ma mère, elle était malade à tel point qu'elle avait du mal à tenir sur sa chaise.

Lors d'une excursion pour aller voir la tour de Pise, notre père a été pris dans la voiture d'une de ces crises de rage que nous redoutions tant, et il a accéléré, accéléré sur l'autoroute, jusqu'à ce que la Fiat de location vibre comme si un géant la secouait. Notre mère s'est écriée, d'une voix tremblante :

– William ! Tu vas nous tuer !

Il a répliqué, en postillonnant :

– Tant mieux ! On va tous crever ici !

J'ai posé la main sur la cuisse nue d'Esther. Les sièges de Skaï étaient brûlants, il avait fallu y étaler des serviettes de bain pour que ce soit supportable, mais l'atmosphère était empuantie par la fumée du cigare que notre père fumait, fenêtres fermées. Je me suis penchée vers ma sœur pour lui chuchoter :

– Ça ira. C'est rien.

Notre père a crié :

– Qu'est-ce que tu lui racontes encore, petite saloperie ?

Alors, non, nous ne voulions pas de vacances. En tout cas, pas en famille. Un de nos souvenirs les plus heureux, à Esther et moi, était un séjour de deux semaines en colonie, dans les Keys. Nous y avions été si joyeuses, avec des moniteurs d'une telle douceur qu'ils en avaient presque l'air suspects. La nature là-bas était si belle qu'on en demeurait étourdi. Esther et moi étions, grâce à notre mère, des enfants de l'océan. En matière de majesté, les vagues n'avaient pas de concurrence. Les oiseaux marins qui les frôlaient, ailes écartées, semblaient accomplir un serment d'allégeance.

GRACE FAIRHOPE
Mockingbird, 15 juillet 1988

Le psychologue n'a rien fait. Je croyais que parler, raconter enfin toutes ces abominations, allait déclencher un tas de changements immédiats, mais non. Le psychologue, homme très mince au teint diaphane et aux doigts osseux, m'a écoutée silencieusement. Il ne m'a pas interrompue. Une fois que la bonde a été lâchée j'ai tout dit. Enfin, tout... tout ce que j'ai eu le temps de dire avant que cet homme pâle ne me coupe :

– C'est la fin de la séance, madame Fairhope.

– Et alors? ai-je demandé, haletante, encore, de mes révélations.

– Eh bien... je vous propose de vous revoir la semaine prochaine, si vous le désirez.

J'étais abasourdie. J'aurais voulu dire: «Qu'est-ce que vous allez faire? Qu'est-ce qui va se passer, maintenant?»

J'étais exaltée de ma libération, mais je commençais à comprendre. Je voyais, dans l'expression du visage de cet homme, qu'il ne ferait rien d'autre que de m'écouter. J'ai failli le supplier, lui hurler: «Je vous en prie, monsieur, aidez-moi!»

Mais je me sentais si faible, à nouveau.

J'ai dit au psychologue que non, je ne désirais plus le voir.

La nuit tombe très tard ces jours-ci, bien après que nous avons été consignés dans nos chambres. Aussi, quand je sors dans le jardin juste après le dîner, dans les nues le soleil et la lune cohabitent. Je tends les bras vers le ciel. J'offre ma figure à l'air tiède. Maintenant que je me suis découverte, que j'ai raconté l'horreur mais que cela n'a rien provoqué, je me tairai. Je ne veux plus aller chercher au fond de moi le courage de parler; si mes interlocuteurs doivent me laisser seule face au diable, autant rester muette.

J'ai souvent pensé à la police ces dernières années, à me précipiter au commissariat quand je me faisais battre comme plâtre ou que William s'en prenait à Jewel, mais il me semble que j'ai depuis longtemps laissé passer ma chance. C'est-à-dire que je me vois bien, je suis consciente de mon apparence. Comment réagiront les policiers si une grosse femme tremblant comme une feuille, à la diction approximative, bourrée de médicaments, vient porter plainte contre son mari? S'ils apprennent que j'ai fait mille séjours en psychiatrie? William, lui, respire l'honorabilité sociale, la pensée maîtrisée, et il est si habile pour dissimuler. Les gens comme lui le sont toujours, je crois, c'est là leur force diabolique. Il aurait vite fait de retourner les policiers contre moi. Qui sait, est-ce que je ne pourrais pas perdre la garde de mes filles? William me l'a dit à plusieurs reprises: si je m'en vais, il se débrouillera pour que je ne voie plus Jewel et Esther. C'est un juriste, et sa capacité de haine est si forte qu'il fera, c'est certain, tout pour me nuire. Je tâche de compter mes alliés. Ceux qui devraient l'être. Mon frère Ron ne bougera pas. Je sais pourtant qu'il pourrait intimider William, l'obliger par exemple à ne plus me frapper. Il est grand, fort, il suffirait qu'il menace mon mari pour que celui-ci ne me touche plus. Mais la seule fois où j'ai essayé de parler à Ron, il m'a interrompue en marmonnant à propos des histoires de couple qui doivent rester privées. J'en ai été si choquée que je me suis arrêtée là. Quant à mes amis... je n'en ai plus. Mon état les a fait fuir.

Qui, alors, témoignerait pour moi?

Je ne possède pas l'énergie nécessaire pour mener ce combat.

À mes pieds, dans le jardin de l'hôpital, poussent des fleurs sauvages qui ressemblent un peu à des violettes. Le terrain est en friche, pas entretenu. Je me mets à genoux – tachant le tissu du pantalon de pyjama bleu clair que je porte désormais, même dans la journée – pour sentir ces petites fleurs. Mais elles n'ont aucun parfum.

JEWEL FAIRHOPE
JB Boxing, 22 juillet 1988

– Hop! Hop! Tu passes sous la corde! Et tu ne baisses pas la garde côté gauche! Hop! Hop!

– Pfff... c'est... pfff... crevant!

– On t'a dit que la boxe, c'est Disneyland? Hein? Pas de souffrance, pas de résultat! Hop! Hop! Hop!

Joe s'amuse. Moi aussi. Je lui montre mon protège-dents en faisant la grimace et j'écarte une mèche de cheveux collée à mon front par la transpiration.

– Passe sous la corde! La touche pas! Tu dois pas la toucher! Remonte, pif paf uppercuts! Sous la corde! Pif paf crochets!

J'ai pris en assurance et en rapidité. Le noble art. Ça me plaît. Mon bassin pivote comme s'il reposait dans un bain d'huile. Les gants sont lourds comme il faut. J'ai envie de vivre.

Après la douche, je retrouve Joe dans le petit bureau, presque une boîte, qui jouxte le ring. Il enroule des bandes en sifflotant. Au-dessus de sa tête, il y a un cliché qui le montre en compagnie de Mohammed Ali lui passant un bras autour des épaules; visiblement ç'a été pris dans un camp d'entraînement. Je montre la photo à Joe.

– Il est comment?

– Ali?

Joe pose sa bande, puis regarde le cliché par-dessus son épaule, comme pour mieux se remémorer.

– C'est un gars de Louisville. Moi, je suis né là-bas et j'y ai grandi, alors nous les boxeurs de Louisville, forcément Ali on le connaît. Il est trop doué. Un naturel, comme on dit, tu sais. Très rapide pour un lourd, et regarde ses déplacements. Moi, je ne peux pas parler de sa vie, ses actes politiques. Je ne suis pas dans sa tête, et il est entouré par des gens spéciaux. Tous les grands champions, ils ont des parasites qui leur tournent autour, mais Ali, encore beaucoup plus. On ne sait jamais exactement si c'est lui qui parle, ou s'il répète. Alors Ali, pour moi, c'est juste le boxeur. J'admire. Je voudrais admirer tout complètement, mais il y a quelques petites ombres, je trouve. Comme le deuxième combat contre Liston, avec la gauche fantôme.

– Quoi ? Fantôme quoi ?

– C'est célèbre, tu entendras parler de ça. Liston est tombé sur un coup que personne n'a jamais vu. On a passé des ralentis sous tous les angles, mais on ne voit jamais la gauche arriver.

– Ils ont triché ? Ce Liston s'est couché ?

– Liston, c'était un grizzly. Invincible. Avec un menton en acier. Je ne peux pas jurer qu'il s'est couché, je ne peux pas le jurer... Mais ce combat, c'est un problème pour moi. Je voudrais qu'il n'existe pas.

Joe a repris sa bande, qu'il tripote du bout du pouce et de l'index. Ses lèvres sont pincées. Dans ses yeux noirs on lit la perplexité, et un malaise, un peu comme si c'était lui qui avait triché. Je me sens touchée, parce que cet homme est si honnête. Si merveilleusement droit.

Il relève la tête, tend la bande à bout de bras comme une chandelle, puis dit en souriant :

– Je cherche un homme.

Devant ma mimique d'incompréhension, il ajoute :

– C'est Diogène, le philosophe grec, qui disait ça : «Je cherche un homme.»

– Qu'est-ce que c'est censé vouloir dire ?

– Un jour, Alexandre le Grand vient voir Diogène, car on lui a raconté que c'est un penseur brillant. Diogène est assis là, devant le tonneau qui lui sert d'abri. Alexandre le salue, mais lui il répond : «Ôte-toi de mon soleil!» Il sort ça à l'homme qui, à l'époque, était le plus puissant de la terre! Oui, ma fille, il était comme ça, Diogène. Il se promenait avec une lampe en répétant : «Je cherche un homme.» Moi aussi, je cherche un homme. Et il ne faut pas faire semblant de l'avoir trouvé si tu sais que ce n'est pas exactement le bon. Comme moi pour Ali. C'est un grand champion, mais pas tout à fait l'homme que je cherche.

Moi, Jewel Fairhope, je l'ai déniché, l'être dont j'avais besoin. Il est noir, il a les cheveux plaqués au gel, des yeux couleur pierre de lave, et une âme pure. Il est dur avec lui-même, mais il est bon. Derrière sa force je sens sa bienveillance qui rayonne. Je le regarde, et j'essaie de le lui dire sans parler.

GRACE FAIRHOPE
Sylvan Highlands, 30 juillet 1988

Il est trois heures de l'après-midi. Je suis devant la télévision. Ils passent un film documentaire sur la déportation. Je suis en train de m'endormir – j'ai pris, comme souvent, beaucoup plus de cachets que ce qui m'est autorisé –, mais au moins grâce à cela ma souffrance est émoussée.

Ils montrent le camp de Mauthausen, et soudain mon cœur jaillit de ma poitrine. On voit mon père. Il est là, maigre, en uniforme de prisonnier. Je crois m'être trompée, mais la caméra s'attarde assez longtemps pour que j'en sois sûre: c'est bien mon père, qui me fixe depuis ces temps de cauchemar.

Ni ma mère ni lui ne m'ont jamais raconté les camps. Nous avons vécu, Ron et moi, une enfance bizarre, car si jamais le sujet n'était abordé, notre maison était remplie de livres qui les racontaient. J'ai lu à douze ans *Si c'est un homme*, de Primo Levi, un ouvrage qui m'a profondément marquée. Je me suis souvent demandé si nos parents ne se servaient pas de ces livres pour parler, en quelque sorte, à leur place.

Je me mets à hurler.

William, qui était occupé dans son bureau par de la paperasse, descend les escaliers quatre à quatre. Il dit:

– Qu'est-ce qui te prend, encore?

Il suit mon regard et voit son beau-père à la télévision. Je constate à son expression qu'il le reconnaît – j'ai une photo de mes parents dans la cuisine –, et j'éprouve un bref soulagement. Je ne suis pas absolument folle. C'est bien mon père, je n'ai pas d'hallucinations. Mais la caméra s'éloigne, se perd vers d'autres visages de déportés.

– C'était lui, dit William, de cette voix qu'on a quand on vient d'assister à quelque chose de très improbable.

Puis il se tourne à nouveau vers moi.

– Tout ça c'est le passé, ce n'est pas la peine de ruminer, c'est avilissant. Habille-toi correctement, et refais ton maquillage. Tu ne vas pas une fois de plus accueillir les gosses dans cet état.

JEWEL FAIRHOPE
Vancouver Island, 5 août 1988

Nous sommes parties en vacances toutes les trois, Esther, Maman et moi. Nous retrouvons l'océan. Esther fait des roues sur le sable, elle saute, bras étirés, vers les nuages. Elle a une détente impressionnante. Mais elle n'est pas comme moi avec la boxe, elle ne veut pas faire de sport précis. Elle se contente de danser beaucoup ; toutes les circonstances lui sont bonnes. Elle bouge comme un lutin magique.

Notre mère se traîne. Sa détresse morale et ses multiples ennuis de santé la rendent vacillante. Elle a l'air extrêmement fragile. J'essaie de me remémorer l'époque où elle nageait comme un poisson, où elle cuisinait pour nous des plats compliqués, où elle donnait ses cours à la faculté – l'époque où elle semblait infatigable –, mais on dirait que ce n'est plus la même personne. Je mets toute l'énergie du monde à essayer de communiquer avec elle. Mon père est occupé à Portland par son travail, nous avons quinze jours sans lui et il faut absolument en profiter. Je peux peut-être la sauver, je peux peut-être protéger ma mère. Pendant une de nos longues marches sur le sable, durant lesquelles, comme un remorqueur, je la traîne, je lui demande :

– Maman... pourquoi est-ce que tu l'as épousé ?

Elle fronce les sourcils. Depuis des années maintenant, elle fronce les sourcils. Elle reste assez longtemps silencieuse pour que je pense devoir répéter ma question, mais tout à coup elle lâche :

– Je me suis mariée avec ton père parce que personne d'autre n'aurait voulu de lui.

L'étonnement me donne une sorte de léger vertige. Je m'arrête pour poser les mains sur mes genoux. Après que j'ai essayé d'ordonner ma pensée, je murmure :

– Maman... c'est de la folie...

– Il ne faut pas prononcer le mot «folie» devant quelqu'un qui passe son temps dans les hôpitaux psychiatriques, Jewel. C'est blessant.

– Je te demande pardon, Maman.

– Oh, ce n'est pas grave. Maintenant, tu le sais.

– Mais quand même, Maman, quand même, tu te rends compte, tu as...

Ma mère me coupe.

– Je ne peux pas regretter mon choix, parce que je vous ai eues, ta sœur et toi. Vous existez, maintenant. Je vous aime.

– Moi aussi, Maman. Nous aussi.

Ma mère a un esprit très brillant, mais fêlé. Que serait-elle devenue, si elle avait épousé un homme gentil?

Elle reprend sa marche, encombrée par son poids, la tête courbée sous le joug d'une douleur sans nom. À côté de nous, les mains dans la vague qui s'étale sur le rivage, Esther exécute une roue parfaite. Son rire s'envole avec les cris des mouettes.

GRACE FAIRHOPE
Mockingbird, 29 août 1988

Ils n'ont pas vu le flacon que j'avais caché dans

la doublure de mon sac. Mais ils ne m'ont pas vraiment fouillée à l'admission, ils sont tellement habitués à me voir. La chaleur sèche de la chambre est insoutenable. J'ai du mal à m'allonger sur le lit, à cause des côtes que William m'a cassées il y a trois semaines. Je reste prostrée dans la pénombre. Depuis Mauthausen, mon père me regarde. Pourvu qu'il ne me juge pas. Je tends le bras, prends le flacon, dévisse le bouchon et bois sans m'arrêter.

Mes amours.

Mes amours.

Mes filles!

JEWEL FAIRHOPE
Sylvan Highlands, 29 août 1988

On nous a dit qu'elle est morte, mais ce n'est pas vraiment réel. Elle a fait si souvent des tentatives pour se tuer. Elle n'a jamais réussi. À force de trembler pour elle j'en étais venue à croire que ça n'arriverait plus. Mais l'hôpital a appelé. Mon père est parti là-bas. J'ai pour consigne de garder ma sœur; elle et moi sommes seules à la maison. Il n'y a personne pour s'occuper de nous. Un instant, mon père avait pensé à son frère Sinclair, mais heureusement notre oncle est occupé au loin par son travail. Je n'aime pas du tout cet homme, que nous voyons peu. La dernière fois qu'il est venu nous rendre visite, content de lui, de son poste de chef de service, de ce sentiment de supériorité sur la condition humaine qu'ils partagent, mon père et lui, il a claironné qu'il partait avec sa femme et sa fille en vacances à Saint Barth. Il a ajouté, en me faisant un clin d'œil :

– Pas de Noirs, là-bas !

C'est le clin d'œil, encore plus que la phrase elle-même, qui m'a écœurée. Est-ce que ce pauvre imbécile croyait que je partageais son racisme ? Est-ce qu'il me pensait complice ? J'étais sa nièce, mais il ne savait rien de moi. Il y a dans les pensées de ces ségrégationnistes une crétinerie et une bassesse insurpassables.

Au moins nous sommes tranquilles, Esther et moi. Il n'y aura personne pour souiller notre chagrin. Nous ne pleurons pas, peut-être parce qu'il nous faudra du temps pour tout à fait admettre. Comme Maman était constamment à l'hôpital ou dans une clinique, nous avons pris l'habitude de ne pas la voir pendant de très longues périodes. Son absence est notre lot depuis que nous sommes toutes petites.

Je tiens Esther par la main. Je pense à notre père.

Au fait qu'il nous a dit, il y a une semaine, avant qu'une de ses collègues ne vienne à la maison pour dîner :

– Vous allez voir, c'est une vraie guenon, elle est laide à faire peur.

Mais, quand il l'a accueillie sur le pas de la porte, nous l'avons entendu minauder :

– Ma petite Dawn, vous êtes très en beauté, ce soir !

Au fait qu'un de ceux dont il se prétend ami, notaire également, est en train de perdre la vue, et que mon père s'est défilé pour un repas dominical en disant qu'il devait s'occuper de sa femme, puis qu'il a déclaré, une fois le téléphone raccroché :

– Déjeuner avec l'aveugle, ah, ça, non, merci bien ! Si c'est pour essuyer les taches sur sa cravate !

À force, Esther et moi avons appris à en rire, mais c'est un rire sans joie, qui se défend seulement contre l'horreur. Toutes ces années, notre mère a dû supporter cela, et je crois que c'est ce qui l'a le plus détruite : la laideur.

Quand on partage la vie de ce genre de personne, on n'est pas seulement touché par le mal qui nous est fait directement. C'est le côtoiement constant de l'infamie qui ronge. On respire un gaz mortel, celui qui a tué Maman.

Je prends Esther dans mes bras, et je la serre.

Notre amour est notre force. Nous sommes une citadelle.

JEWEL FAIRHOPE
St Mary's Cathedral, 3 septembre 1988

Où étaient-ils, tous ces gens, pendant que leur sœur, leur amie, leur collègue agonisait ? Ils sont nombreux aujourd'hui à assister à l'enterrement de Maman. Son frère Ron est là qui pleure, mais il aurait pu l'aider. J'en suis certaine. J'ai bien essayé, moi, j'ai essayé vraiment, mais elle ne se laissait pas secourir. J'avais des accrochages très violents avec mon père, qui se finissaient invariablement par :

– Retiens ta chienne ! Retiens ta chienne, Grace, ou ça va mal finir !

Et ma mère, qui disait d'une voix lasse, au lieu de se rebeller :

– Jewel... sois polie avec ton père.

Quand je parlais avec elle en lui disant qu'il fallait partir, divorcer, elle disait :

– Il travaille dur pour nous... Nous lui devons de la reconnaissance. Le divorce, dans nos familles, ça ne se fait pas...

– Parce que frapper sa femme, ça se fait ?

Ma mère n'aimait pas que j'aborde ce sujet. Je

lisais la confusion dans ses yeux. À mes injonctions, elle répondait en général par de l'agressivité, alors j'en étais venue à ne quasiment jamais en discuter, pour ne pas subir sa propre colère.

Je me demande si c'est pareil pour les autres femmes battues, quand elles parlent de ça avec leurs enfants. Si elles refusent le dialogue, et s'énervent. Peut-être que oui. Tout est une question d'humiliation, de peur et de choses non dites. Mais après tout, moi aussi je me suis tue. La perspective de parler à quelqu'un, à un adulte surtout, de ce qui se passait chez nous, était terrifiante. Les victimes ont honte et se terrent. C'est ainsi que les bourreaux prospèrent.

Je ne lâche pas la main d'Esther, tout le temps que dure la cérémonie. Le curé dit sur ma mère des choses gentilles, mais fausses. Il ne la connaissait pas du tout, et personne, semble-t-il, n'a jugé nécessaire de l'éclairer.

Tandis que nous sortons de l'église, un homme s'approche de moi. C'est une des relations «chic» de mon père, un ambassadeur de notre pays en Asie du Sud-Est. Il me pose le bout des doigts sur l'épaule, puis me dit :

– Je sais que vous serez courageuse. Et votre père est quelqu'un de très bien.

Je m'entends lui répondre :

– Non. Ce n'est pas une bonne personne.

Je tourne les talons.

JEWEL FAIRHOPE
Sylvan Highlands, 5 septembre 1988

Je suis dans la salle de bains, en train de me doucher, quand j'entends les cris. C'est Esther.

– Jewel, au secours! Jewel, au secours!

Glissant sur l'émail mouillé de la baignoire, je tombe. Je me relève, retombe, trouve enfin mon équilibre. Sur un pied, j'enfile un short et un débardeur sans me sécher, je déboule dans le couloir.

Je vois mon père qui sort de notre chambre, avec sur le visage cette expression de haine nonchalante. Il se dresse face à moi – il me dépasse de plus d'une tête et il pèse le double de mon poids –, il écarte les bras et dit, d'une voix mauvaise:

– Qu'est-ce que tu vas faire? Frapper ton père?

Je ne réfléchis pas. Mon direct du droit part comme une fusée, mes phalanges cognent contre le gros menton. Mon père part en arrière; ses jambes s'effondrent sous lui. Je passe sans m'arrêter près du corps allongé pour aller voir Esther. Elle est prostrée devant le petit bureau où elle fait d'ordinaire ses devoirs. Ma sœur a l'air épouvanté. J'enfile des baskets et un sweat-shirt, je lui tends sa veste, et je lui dis :

– On se barre. Vite.

Quand nous passons près de notre père, il est toujours allongé, mais il remue lentement pour essayer de se relever. Je pousse Esther devant moi. Lorsque nous sommes dans la rue, je remarque que ma main est cassée. Ce n'est pas grave. Je dis :

– On va au commissariat.

2015

JEWEL FAIRHOPE
NE Skidmore St, 21 avril 2015

Lara, ma fille chérie, a quinze ans aujourd'hui. Il va y avoir du monde pour son anniversaire. Esther voue à sa nièce une adoration si excessive qu'elle a refusé, cette semaine, de me dire la liste des cadeaux qu'elle lui a achetés. Selon elle, une fois qu'ils auront été offerts, je ne pourrai rien trouver à redire.

Joe, son parrain, sera là comme toujours. Cet homme ne vieillit pas. À soixante et un ans passés il met toujours les gants, au quotidien, et son sens de l'esquive rend fous les jeunes gars du JB Boxing, pleins d'une énergie qui, face à lui, ne leur sert à rien. Ils cognent « l'air ambiant », comme dit Joe en riant.

Tout à l'heure, en faisant des courses avec ma fille afin de mettre une touche finale aux préparatifs de la fête, pour la première fois depuis de très longues années j'ai croisé mon père. Ses cheveux étaient blancs et cassants, apparemment rétifs au peigne dont il usait autrefois avec tant de soin. Ses épaules que j'avais connues larges et pleines étaient affaissées, cela se voyait même sous la veste de costume. Il se tenait devant un magasin de spiritueux, un sac en papier à la main, et son regard était perdu dans le vide. Son visage était celui des damnés. Je ne sais pas si lui m'a vue.

On voudrait faire table rase, mais on ne peut accorder son pardon à quelqu'un qui ne le demande pas. Et, surtout, on ne peut le faire pour le mal qu'il a fait aux autres. Il y a des gens dont il faut juste s'éloigner.

– Qui c'est? m'a demandé Lara, tandis que nous nous éloignions. Tu l'as regardé bizarrement.

– Je ne me souviens pas, ai-je répondu.

Ma fille a exactement le même âge que moi lorsque j'ai quitté la maison, Esther agrippée à ma main.

Sur notre terrasse, Joe danse avec Lara, qui rit aux éclats parce qu'il s'obstine à faire des pas de cha-cha-cha, complètement à contretemps. Esther, elle, virevolte seule, avec cette grâce merveilleuse que je lui ai toujours connue. Pendant nos années au Children's

Center, elle n'a pas cessé de danser. Nous n'avons, au cours de cette période, jamais été séparées plus longtemps que la durée de nos heures de classe. Cette association, en ne nous éloignant pas l'une de l'autre, nous a sauvées.

Les mâles de la fête – garçons et adultes – regardent Esther qui valse seule à l'anniversaire de sa nièce. Elle qui fait tourner les têtes ne s'est jamais fixée. Je crois qu'elle a décidé de jouer les papillons, et je ne serai pas celle qui la critiquera.

Je n'arrive pas à croire que moi, je vis avec un homme. Cela fait déjà seize ans, pourtant. Je dis tout le temps qu'il est un prince extraordinaire, mais Esther prétend que je le mérite. J'essaie de m'en persuader.

Avant-hier, tandis que je conduisais pour aller chercher ma fille au lycée, j'ai entendu un journaliste qui disait, à propos d'une actrice marchant sur les traces de son père :

– Le fruit ne tombe jamais loin de l'arbre !

Cette phrase est une sentence absurde et dangereuse. Pour certains, une affreuse condamnation. Car de l'arbre de ma mère, je suis tombée loin. Je n'ai pas accepté de me laisser martyriser. Mon instinct de survie m'a protégée, a protégé ma sœur, et protégera mon enfant.

De l'arbre de mon père, le fruit que je suis a roulé

bien plus à l'écart, encore. Le racisme, la haine, le déshonneur et la méchanceté gratuite me sont étrangers. Esther et moi nous sommes construites par opposition. Notre père nous a montré tout ce que, dans une vie, il ne faut pas faire. Ce qu'il ne faut jamais être.

Après toutes ces années, toutes ces déchirures, nous marchons, fragiles, meurtries au plus profond de notre corps et de notre esprit, mais nous marchons tout de même.

Vers la lumière.

ON LIT
PLUS
FORT.
COM

L'ACTUALITÉ DES ROMANS
GALLIMARD JEUNESSE

PAO : Françoise Pham
Imprimé en Italie par L.E.G.O. Spa - Lavis (TN)
Dépôt légal : février 2016
N° d'édition : 293626
ISBN : 978-2-07-057328-8